Paul Oskar Höcker

Närrische Käuze

Novelletten und Skizzen

Paul Oskar Höcker: Närrische Käuze. Novelletten und Skizzen

Erstdruck: Stuttgart, Deutsche Verlags-Anstalt, 1904.

Neuausgabe
Herausgegeben von Karl-Maria Guth
Berlin 2017

Umschlaggestaltung von Thomas Schultz-Overhage unter Verwendung
des Bildes: Samuel Graenicher, Dogerner Hirschenwirt Konrad Ebner
in der Altherrentracht bei der Brotzeit, 1781

Gesetzt aus der Minion Pro, 11 pt

Die Sammlung Hofenberg erscheint im
Verlag der Contumax GmbH & Co. KG, Berlin
Herstellung: BoD – Books on Demand, Norderstedt

ISBN 978-3-7437-2221-7

Bibliografische Information der Deutschen Nationalbibliothek

Die Deutsche Nationalbibliothek verzeichnet diese Publikation in der
Deutschen Nationalbibliografie; detaillierte bibliografische Daten sind
im Internet über www.dnb.de abrufbar.

Inhalt

Ihr Roman

Novellette

Im Orphelinat zu Ardoisière (Seine-Departement) war es den Anstalts-schwestern ein für allemal strengstens von der Oberin untersagt, die Phantasie der ihrer Obhut anvertrauten Waisenkinder durch das Erzählen von Märchen und andern verlogenen Geschichten zu erhitzen. Madame Vincent huldigte der Ansicht, dass nur die ernsteste und rücksichtsloseste Wahrhaftigkeit in der Erziehung imstande sei, diese unglücklichen Geschöpfe, die so früh auf eignen Füßen stehen lernen mussten, gebührend für die grausame Härte des Lebens vorzubereiten. Sie hatte den »schwarzen Mann«, mit dem die widerspenstigen Kleinen früher in Schach gehalten worden waren, den St. Nikolas, der den artigen Kindern noch unter der Herrschaft ihrer Vorgängerin Äpfel und Nüsse in die Pantöffelchen gezaubert hatte, und auch die Frau Holle, die ehedem in Ardoisière ihr Bett zu schütteln pflegte, offiziell abgeschafft.

Aber die kindliche Phantasie lässt sich nun einmal durch Hausordnungsparagraphen nicht in Schranken halten. Und zu ihrem Kummer, ja Entsetzen musste es Madame Vincent immer wieder erleben, dass einzelne ihrer Zöglinge den natürlichsten Elementarereignissen, deren Entstehen sie doch schon so oft in lichtvoller Weise erklärt hatte, wie Donner, Wind, Blitz und Hagelschlag, eine Art Personifikation beizulegen sich unterstanden.

Lou Visinard war diejenige, die von allen Insassen des Orphelinats die meisten Prügel bekam für solche Abschweifungen von der Bahn des realen Lebens.

Als vierjähriges Kind schon führte sie im Dunkeln ganze Schlachten auf mit eingebildeten, aber äußerst unheimlichen Gegnern; ohne dass sie je in ihrem Leben eine Puppe oder ein dem ähnliches Spielzeug auch nur von weitem gesehen hätte, erregte sie eines Abends im Schlafsaal Sensation durch ihre Erfindung, das phantastisch verknotete Handtuch, das sie mit ins Bett genommen hatte, wie ein *bébé* zu hätscheln; und nach dem Begräbnis der armen Fleurette, die an den Masern gestorben war, Bett an Bett mit dem ihren, hielt sie noch viele Nächte hindurch, sobald alles schlief, lange, süße, zärtliche Gespräche über den Himmel und die Engel mit der einzigen kleinen Freundin und Vertrauten, die sie auf der Gotteswelt gehabt hatte – und die sie nun um Mitternacht immer besuchte, wie sie den andern geheimnisvoll mitteilte. Sie war es auch, die das neue Spiel erfand, im Schlafsaal allerlei dramatische Szenen aus der biblischen Geschichte darzustellen, wobei die graublauen Kinderschürzen oft in der abenteuerlichsten Weise als Prunkmäntel oder Baldachin Verwendung fanden. Als sie größer ward und mehr von der Außenwelt, gar von dem nahen Paris, dieser ungeheuren Stadt, hörte, beschäftigten sich ihre halbwachen Träume öfter auch mit ihren Eltern. Ihr Vater sei Modellzeichner in einer Tapetenfabrik gewesen und einer Blutvergiftung erlegen, ihre Mutter sei bei ihrer Geburt gestorben, so war ihr am Tage der Konfirmation gesagt worden. Sie glaubte das natürlich nicht. Denn inzwischen hatte sie ja doch längst ein *richtiges* Märchenbuch gelesen – heimlich, mit heißen Wangen, zitternd vor Furcht und vor Seligkeit – ein wunderbares Märchenbuch mit Geschichten von verwunschenen Prinzessinnen und verzauberten Königsschlössern. Und es schlummerte hinter ihrer blassen, schmalen Kinderstirn ein gar zärtlicher Gedanke, der ihre großen braunen Samtaugen oft feucht schimmern machte: Eines schönen Tages werde eine goldene Equipage vor dem grauen Klostertor halten, eine schöne, wunder-, wunderschöne Frau werde aussteigen – ihre Mama – werde sie in ihre Arme schließen ...

Aber da weckten sie gewöhnlich ein paar Kopfstücke, von der fleischlosen Hand der alten Oberin verabreicht, aus ihren trunkenen Phantasien.

Lou traf das Los, als Hilfsschwester im Orphelinat bleiben zu müssen, während die andern mit fünfzehn Jahren in Stellung gingen. Wie's ihr das Herz abdrückte, den armen kleinen Würmern, deren Pflege man ihr von jetzt ab übertrug, ihren heimlichen Schatz, den unerschöpflichen Born ihrer Märchengedanken, verschlossen halten zu müssen! Sie atmete auf, als ihr endlich die Freiheit winkte. Eine fremde Dame, eine Böhmin, deren Gatte in Paris gestorben war, hatte sich an die Anstalt gewandt: sie suchte ein junges Mädchen, das sie und ihre beiden Kinder nach Prag begleiten sollte. Es musste nähen, waschen, schneidern, plätten können, gut vorlesen, die Schulaufgaben der Kinder beaufsichtigen, kochen, auch die gröberen Hausarbeiten verstehen, vor allem aber mit den Kleinen fortgesetzt französisch parlieren, damit diese ihre in Paris erworbenen Kenntnisse in der neuen Heimat nicht verlernten.

Der Himmel tat sich vor Lou auf. Sie sollte reisen – die Welt sehen. Madame Robiczek – so lautete der Name ihrer neuen Gebieterin – erschien ihr als eine Art Abschlagszahlung auf den erlösenden Königssohn, den ihr das Schicksal noch schuldete.

Aber Lou hatte sich wieder einmal getäuscht. Denn Madame Robiczek hatte durchaus nichts gemein mit einer wohltätigen Fee oder derlei Phantasiegebilden. Und ihre beiden Sprösslinge waren wohl die nichtsnutzigsten Schlingel, die der armen Lou je begegnet waren.

Innerhalb der nächsten drei Jahre hatte Lou eigentlich nur in den Stunden zwischen ein und fünf Uhr des Nachts freie Verfügung über sich. Nach des Tages Last und Hitze musste sie der faul sich im Bett räkelnden Madame Robiczek stets bis weit über Mitternacht französische Romane vorlesen, die sie selbst gar nicht verstand, – vor Morgengrauen riefen sie dann schon wieder die häuslichen Geschäfte aus dem Bretterverschlag neben der Küche, in dem ihre Matratze auf der bloßen Erde lag.

Lou war zuzeiten aber doch besser gehalten als eine »Stütze der Hausfrau« – Madame Robiczek, die an der unglücklichen Waise ein Dienstmädchen, eine Zofe, eine Köchin, Kindergärtnerin, Schneiderin und Hauslehrerin zugleich besaß, hielt ihr das oft genug vor –, denn wenn »Gesellschaft« war oder wenn man ins Bad reiste, durfte sie das herrliche schwarze Seidenkleid anziehen und brauchte nichts weiter zu tun, als mit den beiden kleinen Teufelsbraten französische Konversation treiben.

So kam sie im dritten Sommer ihres Dienstverhältnisses sogar nach Genf. Madame Robiczek hatte eine kleine Erbschaft gemacht und trat sehr prätentiös auf. Eine Unmenge Toiletten waren angeschafft worden – und von all der Herrlichkeit fiel auch auf Lou etwas ab. Es hieß, Madame Robiczek wolle sich wieder verheiraten. Ein Herr aus Marseille, von dessen märchenhaftem Reichtum die Böhmin der kleinen Lou sehr viel vorschwärmte, verkehrte auffallend häufig im Hause. Madame Robiczek wollte zum Winter sogar für einige Monate selbst nach Marseille ziehen.

Inzwischen war aber aus der blassen Lou ein bildhübsches Mädchen geworden. Es lag ein so lieber, träumerischer Zug über ihrem schmalen Gesichtchen, und es gab nichts Süßeres als ihre glockenhelle, weiche Stimme. Die von ihrer Trägheit recht fett und verschwommen gewordene Madame Robiczek begann auf die Kleine eifersüchtig zu werden. In ihrem seltsamen Französisch, das sie mit ebensoviel Konsonanten (und besonders Zischlauten) zu sprechen schien, wie ihre Muttersprache, hielt sie kurz vor der geplanten Abreise nach Marseille ihrem langjährigen ergebenen Hausgenossen eine unendlich lange Rede, deren kurzer Sinn lautete: Louison Visinard, genannt Lou, aus Ardoisière (Seine-Departement) könne ihre Koffer packen und fortan ihre eignen Wege ziehen.

Was nun Lous Koffer anbelangt, so verdiente die rot und blau gestrichene Holztruhe, die die Mädchen vom Orphelinat für ihre Anstaltswäsche, das obligate blaue Barchentkleid, das Gebetbuch und die Rindslederstiefel auf ihren Lebensweg mitbekommen, kaum diese vornehme Bezeichnung. Übrigens stand sie auch in einem Bodenwinkel am Wenzelsring zu Prag. Madame Robiczek musste also schon so großmütig sein, der kleinen Lou in dieser Hinsicht unter die Arme zu greifen. Sie tat denn auch wirklich mehr als ihre Pflicht – bloß um möglichst schnell glatte Rechnung mit der gefährlichen Konkurrenz zu machen. So sah sich Lou plötzlich im Besitz von einer kleinen, ihr fast fürstlich erscheinenden Wäsche- und Kleiderausstattung, die nur den einzigen Fehler hatte, dass die Maße für den stattlichen Leibesumfang von Madame Robiczek berechnet waren.

Lou fühlte sich dennoch im siebenten Himmel. In ihrem Portemonnaie befanden sich bare fünfundsiebzig Franken – und sie war im Besitz ihrer Freiheit! Fast zu viel auf einmal!

Auf dem Perron beim Abschiednehmen hatte sie ja geweint, als sie ihrer bisherigen Herrin immer und immer wieder die Hände küsste und ihre beiden Peiniger umarmte. Nun aber, wo sie vom Bahnhof zurückkehrte, um ihre Habseligkeiten aus dem Hotel abzuholen, überkam sie's fast wie ein Rausch.

Sie war von Haus aus ein phantastisch veranlagtes Persönchen – selbst Madame Vincents nüchtern-trockene Erziehungsmethode hatte daran nichts geändert –, und es kam hinzu, dass sie in diesen letzten drei Jahren täglich fast einen ganzen französischen Romanband hatte vorlesen müssen. Das macht (die Zweibänder in Betracht gezogen) schlecht gerechnet sechshundert Romane, in denen (wiederum im Pauschale) sechshundert arme junge Mädchen ebensoviel edle Grafen- oder Millionärssöhne geheiratet hatten!

Da konnte es ihr doch auch nicht fehlen, dachte sie also bei sich.

Sie suchte sich zunächst eine billige Pension am Plainpalais aus, fest entschlossen, nunmehr ihr Leben zu genießen.

Den Anfang hiermit machte sie, indem sie sich erst einmal gründlich ausschlief. Seit Jahren zum ersten Mal.

Aber dann kam ein gewaltiger Tatendrang über sie. Sie wusste, dass das Glück auf sie wartete, irgendwo, also galt's, die Augen aufzumachen, um nicht daran vorüberzugehen.

Natürlich musste sie wieder eine Stellung annehmen. Vielleicht bei einer alten kranken Marquise, deren Sohn sich in sie verliebte und sie heiratete. Sie studierte die Inserate in den Zeitungen. Aber keine einzige alte kranke Marquise brauchte eine Vorleserin oder Pflegerin. Inzwischen arbeitete sie an ihrer Ausstattung. Sie hatte angeborenen Geschmack – wie viel dutzendmal hatte sie zudem in Prag beim Schneidern und Putzmachen für Madame Robiczek mit Hand anlegen müssen – so entstanden aus der verschlissenen Pracht der Böhmin unter den zierlichen geschickten Fingern der phantasievollen Französin geradezu kleine Meisterwerke. Sie war nun von den hübschen geputzten Genferinnen kaum mehr zu unterscheiden. Bloß die Handschuhe und die Stiefel kosteten Geld, denn die konnte sie nicht selbst machen. Und als daher ein neuer Monat einbrach, sagte sie zu der Pensionsinhaberin, ihre Verwandten seien eingetroffen, bei denen sie von jetzt an immer das Dejeuner und Diner nehmen müsse.

Im Grunde verabscheute sie die Lüge. Sie war aber zu stolz, einzugestehen, dass sie – die künftige Schwiegertochter einer Marquise – gezwungen sei, auf die regulären Mahlzeiten zu verzichten, um den nagenden Hunger mit Brot und gerösteten Kastanien zu beschwichtigen, die sie auf der Straße erstand und heimlich des Abends auf ihrem Stübchen verzehrte. Furchtbar rächte sich ihre Flunkerei erst, als die »Bise« über Genf zu toben begann, die Periode der Herbststürme, und sie nicht nach Hause konnte, weil die in der Pension sie doch beim Dejeuner oder Diner im Hotel am Quai du Montblanc vermuteten.

Nun verzichtete sie bald endgültig auf die alte kranke Marquise und lief in alle Agenturen und Vermittelungsbüros, um einen andern geeigneten Dienst ausfindig zu machen. Aber von den Gesellschafterinnen und Erzieherinnen, die da oder dort gesucht wurden, verlangte man musikalische Kenntnisse oder Englisch oder Zeugnisse über abgelegte Examina; und sie sah zu distinguiert aus, als dass man ihr einen Dienst als Stubenmädchen angeboten hätte.

In der Pension merkte man von alledem nichts. Vielleicht beneidete man sie sogar um die opulenten Diners am Quai du Montblanc. Nachdem diese imaginären Mahlzeiten aber, sechs Wochen hindurch tagtäglich genossen, ihr die Anfänge eines gastrischen Fiebers eingetragen und sie gezwungen hatten, mehrere Tage hindurch das Bett zu hüten, entschloss sie sich, ihre Verwandten für einige Zeit abreisen zu lassen.

Wie graute ihr's nun aber vor dem nächsten Monatsersten! Woher das Geld nehmen, um die Rechnung zu bezahlen?

Wieder zitierte sie also ihre Verwandten. Die hatten den Wunsch geäußert, erzählte sie, dass sie französischen Unterricht erteile, um sich – wenn sie's auch nicht nötig hätte – standesgemäß zu betätigen.

Ja, wer erteilte in Genf aber nicht französischen Unterricht? Die Pensionsmutter, ihr Gatte, ihr Schwiegervater, ihre Tochter – sie alle waren »*professeurs de la langue française*«, und bei der erdrückenden Konkurrenz mussten sie *leçons* für fünfundsiebzig Centimes geben.

In der Pension lebten auch zwei Misses. Kaum hatten die erfahren, dass Mademoiselle Lou bereit sei, Unterricht zu geben, »bloß um sich standesgemäß zu betätigen«, als sie auch schon sofort anderwärts ihre Stunden aufkündigten, um einen innigen Freundschaftsbund mit der kleinen Französin zu schließen. Lou ward die beiden Misses, die bei ihr gratis »Konversation« nahmen, nun überhaupt nicht mehr los.

In ihrer Verzweiflung verwendete sie ihre letzten paar Franken dazu, um zu inserieren. Aber meldete sich daraufhin ein Schüler oder eine Schülerin, so bemächtigte sich schon an der Entreetür der Schwiegervater, die Tochter oder der Gatte der Pensionsmama dieses neuen Lehrobjekts.

Der einzige Schüler, dessen sie habhaft werden konnte und der es sich auch nicht nehmen lassen wollte, Honorar zu bezahlen (obwohl er ja wusste, dass Mademoiselle Visinard sehr reiche Verwandte besaß und es eigentlich nicht nötig hatte), war ein Herr Benno Rentsch, der sich bereits seit zehn Monaten hier in der Pension aufhielt und der nacheinander beim Hausherrn, bei der Hausfrau, beim Schwiegervater und bei der Tochter Unterricht genommen hatte, ohne nennenswerte Fortschritte in der französischen Sprache aufweisen zu können. Er stammte aus Köln. Sein Vater besaß dort eine Seifenfabrik und Eau-de-Cologne-Destillation. Bei dem neuerdings recht ausgedehnten Handelsverkehr mit Frankreich hielt er's für erforderlich, dass sein Sohn französisch lernte; dem jungen Herrn Benno bereitete aber die Unterscheidung von k und g, p und b und gar von s und ß die grausamsten Schwierigkeiten. Die Hoffnung, als perfekter Franzose heimzukehren, hatte er endgültig fahren lassen. Wenigstens wollte er sich die Unterrichtsstunden zum Schluss noch ein bisschen angenehmer gestalten. Und da Mademoiselle Lou bildhübsch war, ein wirklich charmantes Auftreten hatte und durch ihre vornehme Verwandtschaft vielleicht auch Beziehungen zu Frankreich besaß, deren Ausnutzung seinen Vater unter Umständen mit dem kläglichen Ergebnis seines einjährigen Sprachstudiums versöhnen konnte, so widmete er sich dem Konversationsunterricht bei seiner neuen Lehrerin alsbald mit einem wahren Feuereifer.

Lou war so wenigstens vor dem Hungertyphus geschützt; denn zu Weihnachten hatte sie – um die Pensionsrechnung zu vermindern – ihre Verwandten schon wieder ankommen lassen müssen, bei denen sie ihre imaginären Diners einnahm.

Glück brachte ihr diese vornehme Verwandtschaft überhaupt nicht. Drängten ihr die beiden Misses, die äußerst wohltätig waren, wenn es sie selbst nichts kostete, nicht ein Dutzend Eintrittskarten zum Orgelkonzert in St. Madeleine zum Besten der Taubstummen auf? Wenn ihre reichen Verwandten tagtäglich an die fünfzig Franken für ihre Diners und Dejeuners ausgaben – so konnten sie doch auch noch ihre zwölf für die armen Taubstummen opfern.

Das war ja ganz logisch. Lou litt aber grausam darunter. Denn sie wäre (schon Benno Rentschs wegen) vor Scham gestorben, wenn sie die Wahrheit hätte eingestehen müssen.

So benutzte sie also ihr erstes Honorar, um die zwölf Orgelkonzert-billetts aus eigner Tasche zu bezahlen.

Ihre Verwandten waren aber in letzter Stunde verhindert, sie selbst zu benutzen – und dank diesem Umstand gelangte die gesamte Pension einschließlich Benno Rentschs und der beiden Misses gratis ins Orgelkonzert.

Mit wie gemischten Gefühlen die kleine Lou dasaß! Dieser Ohrenschmaus bedeutete für sie eine ganze Reihe von Diners am Quai du Montblanc. Und dennoch überkam sie keine Traurigkeit. Sie hatte ein gutes Herz und dachte daran, dass ihre zwölf Franken ja den Taubstummen von St. Madeleine zugute kämen. Und auch ein bisschen Eitelkeit war dabei. Sie war stolz auf die Generosität ihrer Verwandten; denn jetzt glaubte sie schon selbst an deren Existenz.

Benno Rentsch verliebte sich bald rechtschaffen in seine kleine Lehrerin. Aber er wagte nicht, sich ihr zu offenbaren. Sie hatte etwas so Distinguiertes, Unnahbares. Und ihre vornehme Verwandtschaft – lauter elegante Franzosen, die das feinste Pariserisch sprachen! Er dachte dagegen an seinen biederen Papa, seine einfache Mama. Sie war die Tochter eines ehrsamen Seifensieders gewesen, und Papa hatte »ins Geschäft eingeheiratet«. Jetzt besaß ja alles einen großartigeren Anstrich. Er selbst hatte als Einjähriger gedient, auch ein bisschen Chemie studiert. Aber der angeborenen Noblesse der kleinen Französin gegenüber kam er sich doch recht als hausbackenes »Gölner Hänsken« vor.

Nun ward auch noch seine Eifersucht rege.

Lou ging des Abends häufig aus. Ihre Verwandten führten sie ins Theater. Gewiss gab's da einen eleganten Cousin, der ihr die Cour schnitt. Er hasste den Kerl wie die Sünde.

Aber Lou war weit davon entfernt, sich zu amüsieren. Sie hatte in einem Hutgeschäft als Aushilfsputzmacherin für die Abendstunden Beschäftigung gefunden. Ihr Traum von der schwiegermütterlichen Marquise zerflatterte immer mehr. Aber dafür erlebte sie (in Gedanken, während sie die Federn, die Bänder und Rüschen an die Damenhüte heftete) einen neuen Roman. Benno Rentsch hatte sie durch ein paar indiskrete Fragen in seinem mangelhaften Französisch auf diesen Vetter, den flotten, reichen Pariser, gebracht, der sie unglücklich liebte. Er hieß natürlich Edmond. O, was waren da für Kämpfe zu bestehen! Denn natürlich wollte der Onkel nicht zugeben, dass er sie, die arme Verwandte, zum Altar führte. Aber Edmond, der ein ungeliebtes Weib heiraten sollte, brachte ihr eine Glut entgegen, bestand mit einem Heroismus auf seinem Willen: alles, alles würde er ihr opfern! Einmal, im Theater, in der Loge, hatte er es ihr ins Ohr geflüstert ... Und seitdem ertrug Lou ihr einförmiges Leben viel leichter: die Diners am Quai du Montblanc, die aufdringlichen Misses, die mühsame Abendarbeit im Platzgeschäft.

Endlich erholten sich ihre Finanzen so weit, dass sie diesen Nebenberuf aufgeben und sogar ihre Verwandten wieder für einige Zeit abreisen lassen konnte.

Nun schöpfte Benno Rentsch neuen Mut. Kurz entschlossen kaufte er einmal zwei Parkettplätze für die Oper. Im Unterricht wollte er Mademoiselle Lou fragen, ob sie ihm die große, große Freude machen wollte, ihn zu begleiten – und nach dem Theater konnte er sie dann zu einem kleinen Spaziergang am Quai Eaux-vives verlocken – und dann im Mondschein würde er sich ein Herz fassen, sie offen und ehrlich nach diesem verflixten Pariser Vetter fragen, ihr ankündigen, dass er nächsten Ersten in Köln zurückerwartet werde – u.s.w., u.s.w.

Aber zu diesem u.s.w., u.s.w. kam es überhaupt nicht. Benno Rentsch war nun einmal ein gar zu schüchterner Anbeter. So weit war man ja in der Konversation gekommen, dass die Theaterfrage wenigstens angeschnitten worden war. Aber Lou schien durch ihre hochnoble Verwandtschaft an keinen andern Platz als Orchesterloge gewöhnt. Also nahm Benno, ohne sich offenbart zu haben, seine beiden Parkettbilletts wieder mit, und in seiner Wut auf alle Pariser besuchte er das französische Theater nun überhaupt nicht.

Lou entnahm der heutigen Konversationsstunde nicht viel mehr als das traurige Faktum, dass ihr einziger Schüler ihr für ultimo gekündigt hatte.

Nun annoncierte sie wieder, und es glückte ihr, eine rumänische Studentin und einen Bulgaren als Schüler zu bekommen. Aber das waren schäbige Menschen. Nicht einmal einen halben Franken wollten sie pro Stunde bezahlen, und ein unwürdiges Handeln ging nach jeder einzelnen *leçon* los, so dass Lou vor Scham dann allemal in Tränen aufgelöst zurückblieb.

Am letzten Tage seines Genfer Aufenthalts traf Benno Rentsch seine hübsche Lehrerin herzzerbrechend weinend an.

Er war dem Bulgaren im Hausflur begegnet. Natürlich war er auch auf ihn eifersüchtig.

Ob er sie gekränkt habe? Ob er ihm nacheilen, sich mit ihm schlagen solle?

Lou schüttelte traurig lächelnd das Köpfchen. Der bloße Gedanke, dass um ihretwillen eine so romantische Sache wie ein Zweikampf stattfinden könnte, tröstete sie schon halb; und sofort spann ihre rege Phantasie den Faden weiter. Aber sobald sie den armen Benno Rentsch, der doch ein so ehrenwerter Mensch war, wenn er auch ein Französisch sprach, das ihr grausam weh tat, bleich und aus einer Herzenswunde blutend auf dem Rasen ausgestreckt sah, beschwor sie ihn inständigst, innezuhalten.

»Mein Entschluss steht fest«, sagte sie dann leise und träumerisch, »ich verlasse Genf. Man hat mir da etwas angetragen – ich kann wohl sagen, es ist eine großartige Aussicht. Meiner Verwandten wegen – Sie wissen wohl – wollte ich nicht darauf eingehen. Aber jetzt … Nein, ich kann mich in diese Verhältnisse hier auf die Dauer doch nicht hineinfinden.«

Und im Flug malte sie sich aus, dass Edmond, der von dem im Duell gefallenen unglücklichen jungen Deutschen gehört hatte, vor seinen Vater hingetreten sei und ihm bleich wie der Tod zugerufen habe: »*Monsieur, vous me tuez …*«

Ihre schönen braunen Augen standen voll Wasser, und sie sah aus wie verklärt.

»Nun, Mademoiselle Lou«, sagte Benno Rentsch beim Abschied mit etwas vibrierender Stimme, »ich wünsche Ihnen von ganzem Herzen, dass Sie da Ihr Glück machen. Von ganzem Herzen wünsche ich Ihnen das. Denn – ich – nun ja – – – oh!«

Zum Schluss machte er noch ein paar schmerzhafte Verstöße gegen Subjonktif und Konditionel, dann riss er sich los und ließ Lou mit ihrem neuen Glück allein.

Lou erwachte aber endlich aus ihren Phantasien. Die Pensionsmama brachte die Monatsrechnung schon heute, weil sie etwas knapp bei Kasse war.

Nun besaß die kleine Französin nicht viel mehr als zwei und einen halben Franken. Edmond würde sich bei seinem edlen Charakter ja nicht daran gestoßen haben. Aber Edmond war weit, weit – ebenso weit als die alte kranke Marquise ...

Und in verzweifelter Stimmung schlich Lou gegen Abend an den Quai du Montblanc.

Wenn sie sich gegenüber der Stätte des Prunks, an der ihr hartherziger reicher Onkel seine schwelgerischen Diners einzunehmen gewohnt war, ins Wasser stürzte?

Edmond würde sie dann retten ...

Ach, das war ein schmerzliches Lächeln, das nun über die blassen Wangen des phantasievollen Geschöpfchens huschte. Mit diesen kindischen Romanen war's jetzt Zeit, endgültig aufzuräumen. Da stand das rauhe, trübselige Leben vor ihr – und jeder Tag hatte seine Forderungen. Die Oberin des Orphelinats zu Ardoisière hatte doch recht behalten mit ihrem asketischen Krieg gegen die Welt der Märchen.

Auf der Rhonebrücke stieß sie da plötzlich auf Madame Robiczek. Sie erkannte die Böhmin zuerst gar nicht wieder, so alt und verwahrlost sah sie aus. Sie war nicht mehr geschminkt, trug sich auch recht lässig.

Nun, und da hörte sie denn gleich einen andern in die Brüche gegangenen Roman, die kleine Lou. Der reiche Herr aus Marseille hatte sich als ein Erzschelm erwiesen (in ihrer bilderreichen Sprache wandte Madame Robiczek noch ganz andre Vergleiche an), er hatte eine reiche Genueserin geheiratet und sie sitzen lassen – und Madame Robiczek war soeben im Begriff, mit ihren beiden Teufelsbraten wieder unvermählt nach Prag zurückzukehren.

Lou war so weich gestimmt und so seelensfroh, sich endlich, endlich einmal einem teilnehmenden Menschen gegenüber rückhaltlos über alles aussprechen zu können. So schüttete sie der Böhmin denn ihr Herz aus. Und verschwieg nichts – nichts.

Madame Robiczek lachte nicht wenig, als sie die Sache mit dem Orgelkonzert hörte. Die schien ihr die komischste. Aber mitleidig zeigte sie sich doch. Ja, sie war sogar so großmütig, Lou anzubieten, wenn sie wieder nach Prag mitkommen wolle, so solle sie noch heute Abend ihre Sachen zum Spediteur schaffen und sich am andern Morgen um acht Uhr an der Dampfschiffsbrücke einstellen; denn bis Lausanne verfolgte sie die Route über den See.

Das war nun also das Ende ihres kurzen Freiheitstraumes! Natürlich nahm sie an – was blieb ihr sonst übrig?

Der Abschied war bald erledigt. Aufrichtig bedauerten in der Pension nur die beiden Misses ihr Fortgehen, weil die von nun an ihre Konversationsstunden wieder bezahlen mussten.

Aber als ob das Schicksal sie noch narren wollte: das Dampfschiff stieß gerade vom Ufer ab, als sie anderntags zur Landungsbrücke kam. Sie hatte sich um zwei Minuten verspätet.

Madame Robiczek und die beiden kleinen Teufelsbraten hatten sie entdeckt, haderten in ihrer zischlautreichen Sprache mit der Schiffsmannschaft, schrien ihr etwas zu, winkten ...

Allein auch von der ersten Klasse her winkte ihr jemand mit Hut und Taschentuch zu. Es war der Kölner.

Wie gut, dass sie das Dampfschiff verpasst hatte! Ihre Sünden fielen ihr alle, alle wieder ein. Wenn Herr Benno Rentsch sie in ihrer Schmach als das geduldige Opferlamm der Launen dieser grässlichen Böhmin und ihrer herzlosen Kinder gesehen hätte!

Aber näherte er sich da nicht der schreienden Gruppe? Richtig, er grüßte, sprach die dicke Dame an – man sah nach ihr – die Kinder zeigten sogar mit dem Finger ... Ach, gewiss fragte er nach ihr, ihren Verwandten – man kam ins Gespräch – und dann fiel Stück um Stück von ihren unschuldigen Renommistereien, die doch niemand geschadet, die ihr das grausame Dasein mit seinem Hunger und seinen Demütigungen aber wenigstens ein bisschen verklärt, verschönt hatten!

Wieder sah sie von der Brücke ins Wasser. Wäre sie nicht eine gläubige Christin gewesen – jetzt hätte die Versuchung es leicht gehabt.

Nein, sie wollte sich aufraffen. Nach dieser letzten, grausamsten Demütigung gab es ja nichts Schlimmes mehr. Er würde über sie lachen, wie die Böhmin über sie gelacht hatte. Nun, sie musste es ertragen. Im Grunde – und wer konnte ihr das heute rauben – war sie doch so oft, so oft unsagbar glücklich gewesen in ihrer imaginären Welt.

Es galt zu eilen, um noch rechtzeitig mit der Bahn nach Lausanne zu gelangen. Wenigstens blieb ihr dort eine Begegnung mit Herrn Benno Rentsch erspart; denn der wollte ja noch ein paar Tage in Montreux verleben, bevor er nach Köln zurückkehrte.

Aber als sie in Lausanne ihr Coupé dritter Klasse verließ, stand der Kölner wie aus der Erde gewachsen vor ihr. Robiczeks waren noch unten in Ouchy, sagte er ihr. Er war den Leutchen vorausgeeilt, um ihr zu sagen – um sie zu fragen … Und nun verwickelte er sich wieder in die grausamsten grammatikalischen Schnitzer.

Lou weinte. »Sie wissen alles?«

»Ja, Mademoiselle Lou, und ich bin – unsagbar glücklich darüber. Denn – das werden Sie vielleicht noch nicht bemerkt haben – ich liebe Sie so furchtbar, so sinnlos, so – so … Und ich starb ja beinahe vor Eifersucht auf Ihren Herrn Vetter, diesen – diesen – Pardon, ich *kann* den Kerl nun mal nicht ausstehen – und ich könnte jubeln, jauchzen, dass er überhaupt nicht existiert!«

Lou weinte immer mehr. Vor Glück – vor Erschütterung – vor Scham.

Benno Rentsch aber hatte einen Mut wie nie zuvor in seinem Leben. »Mademoiselle Lou, Sie *müssen* meine Frau werden. Meine Eltern werden sich riesig freuen. Besonders über Ihr Französisch. Und eine Zentnerlast fällt mir vom Herzen. Ich hatte ja eine solche Heidenangst wegen meiner geringen Fortschritte, – das heißt, wir werden den Unterricht dann natürlich fortsetzen, nicht wahr? Und ich will Sie ja so glücklich machen – so glücklich – ach – ich …«

Endlich sank sie in seine Arme – schluchzend und lachend – vor allen Leuten, mitten auf dem Perron. Wohl bloß um festzustellen, ob dies etwa auch wieder nichts als eines ihrer phantastischen Truggebilde sei.

Aber nein, es war Wirklichkeit.

Und war und blieb doch – ihr Roman.

Onkel Saß

Skizze

Eine Schönheit war der Rittmeister wahrhaftig nicht. Zu Pferde und von weitem, da ging er allenfalls noch an; obgleich man auch da immer das Gefühl hatte, dass irgend etwas in der Perspektive nicht recht stimmte. Aber in der Nähe wirkte seine Nase geradezu verblüffend. Spottvögel meinten, es sei wahrscheinlich überhaupt keine Nase, sondern das Modell einer überseeischen Klatschrose oder irgendeiner in Mitteleuropa noch nicht eingebürgerten Knollenfrucht, die die Schöpfungsgeschichte in einem heiteren Zwischenakt eigens für den Herrn Rittmeister Saß reserviert hatte – um damit seinen Zeitgenossen des Daseins Ernst zu mildern.

Denn nichts ist so spaßhaft und lachlustreizend für den, der im Besitz eines normalen Gesichtserkers ist, als die deformierte Nase im Antlitz des lieben Nächsten.

Heinrich Saß hatte von Kindheit aus darunter zu leiden gehabt.

Als Junge zum Beispiel hatte er nur seiner Nase halber für seine Altersgenossen immer so eine Art von Hanswurst abgeben sollen. Man schrieb einem, der eine so drollige Nase besaß, ohne weiteres eine starke *vis comica* zu. Hernach, als Pennäler, verliebte er sich gelegentlich mal in eine höhere Tochter, wie das so üblich ist. Er machte sogar Gedichte auf sie. Aber als das herauskam, fand man's unbeschreiblich komisch, obwohl Else (nehmen wir an, dass sie Else hieß) eine Glut und eine Sinnigkeit in den Versen hätte entdecken können, wie sie ihr hernach in ihrem ganzen Leben wohl nicht wieder geboten worden sein mochte.

Die betrüblichste Folge seines allzu charakteristischen Gesichtsschmuckes war die: Als er als Avantageur ins Heer eintreten wollte, sträubte sich das erste halbe Dutzend Regimentskommandeure, bei denen er sich meldete, ganz energisch, ihn einzustellen.

Der siebente, der sich seiner erbarmte, hatte die Wahl nicht zu bereuen. Denn der Junker Saß war ein schneidiger Reiter, ein kluger Offizier und ein vorzüglicher Kamerad.

Allmählich trug auch der erstaunliche Haarwuchs seines Schnurr-
barts dazu bei, das Ungetüm von Nase zu paralysieren.

Dieser Schnurrbart war fuchsrot, mächtig, ein Witzbold meinte
»überlebensgroß«; er lud vermittelst einer Anleihe beim Backenbart
nach beiden Seiten hin so gewaltig aus, dass es Leute gab, denen, als
sie den Reitersmann kennenlernten, tatsächlich der Schnurrbart noch
mehr auffiel als die Nase.

Saß hatte auch unbedingt etwas Martialisches durch seinen
Schnurrbart bekommen.

Nur seine Augen passten nicht recht dazu.

Es waren kleine, vergissmeinnichtblaue, fast wimperlose, gutmütige
Äuglein. Eine ganze Seele lag darin.

Ich sage: eine Seele.

Denn – es muss nun endlich auch über Sassens innere Qualitäten
gesprochen werden, für die seine Konpennäler, Fräulein Else und das
erste halbe Dutzend Regimentskommandeure so gar kein Interesse
gehabt hatten – er war, schlecht und recht gesagt, ein Juwel von einem
Manne.

Sein Nasenmalheur hatte ihn auch keineswegs verbittert. Nur etwas
früher als seine Altersgenossen hatte es ihn gereift. Es hatte ihn ver-
anlasst, beizeiten über mancherlei Nichtigkeiten im menschlichen
Dasein nachzudenken und – sich selbst davon freizuhalten.

Er sparte auf diese Weise nicht nur Geld und Nerven, sondern
auch fabelhaft viel Zeit. Und die benutzte er, um zu studieren, sich
aufs Examen vorzubereiten, das er hernach glänzend bestand: Er war
der erste Leutnant im Regiment seit vielen Jahren, der zur Kriegsaka-
demie kommandiert werden konnte; und er ward um anderthalb
Jahre früher als seine Altersgenossen befördert. Das verdankte er in
gewissem Sinne also doch lediglich seiner Nase.

Seitdem er beim Regiment stand, bewohnte er dasselbe kleine
Quartier in der Schulstraße. Es war eine stille Gegend, die Wohnung
selbst, zwei Zimmer und Zubehör im Erdgeschoß, recht altmodisch,
aber gemütlich. Wenn er vom Frühdienst kam und sich davon überzeugt hatte, dass die Pferde gut besorgt waren, legte er sich gewöhnlich
für ein Halbstündchen mit seiner enormen Meerschaumpfeife ins
Fenster. Da kamen von links die Gymnasiasten, von rechts die höheren
Töchter des Städtchens vorbei. Es war ein lebhaftes, fröhliches Bild,

sommers wie winters. Amüsant war's für einen stillen Beobachter auch, die kleinen Schwärmereien zu verfolgen, die sich unter dem jungen Volk entwickelten. Da gedachte er der eignen Jungensjahre – gedachte der angedichteten Else. Aber elend einsam fühlte er sich doch manchmal in seiner stillen Junggesellenbude.

Jeden Morgen knickste da seit einiger Zeit einer der kleinen weiblichen Abc-Schützen vor ihm, die seit Michaelis die höhere Töchterschule besuchten.

Es war ein pausbackiges Mädel von sieben Jahren in rotem Mäntelchen und rotem Hütchen. Sie sah von weitem aus wie ein kleiner Fliegenpilz.

Einmal kam sie in Begleitung einer eleganten Dame vorbei. Da fuhr er rasch in die Höhe und grüßte verbindlich, denn er erkannte die Frau des Landrats.

Nun entsann er sich, wo er den Fliegenpilz kennengelernt hatte: auf einem Gartenfest, das Landrats im Sommer kurz vor dem Manöver gegeben hatten. Es war ihre kleine Poldi.

Als Poldi von Druhsen das nächste Mal knickste, bekam sie von Saß eine kleine Tüte mit Bonbons zugeworfen, die sie in ihrem roten Schürzchen auffangen musste. Er war auf einem Wohltätigkeitsbazar in den Besitz einer unendlichen Menge von Süßigkeiten gelangt, für die er bisher absolut keine Verwendung gehabt hatte.

Die Bonbons schienen übrigens recht schmackhaft zu sein, denn Poldi, die davon sicherlich ihren kleinen Kameradinnen zu kosten gegeben hatte, kam andern Tags links und rechts von zwei gleichgekleideten, auffallend ähnlichen Mädels flankiert vorbei. Alle drei knicksten, als sie in die Höhe der Meerschaumpfeife kamen. Und lächelten verschämt-erwartungsvoll.

»Das sind wohl deine Freundinnen, Poldi?« fragte er den Fliegenpilz.

»Ja, das sind die Zwillinge.«

»O, die Zwillinge. – Kann euch denn die Lehrerin voneinander unterscheiden, ihr Zwillinge?«

Sie kicherten.

»Ja – ich könnt's nicht!« gestand er ihnen.

»Aber Onkel Saß«, sagte Poldi wichtig, »das ist doch die Emmi und das die Luise.«

»So, so. Hm. Woran erkennst du denn aber die Emmi und die Luise?«

Sie sahen einander fragend an.

»Ja, weißt du, Onkel Saß, die Luise, die könnt' ich ja auch nicht erkennen, aber die Emmi, weißt du, die kann nämlich so komische Gesichter schneiden – ja, und daran erkennt man sie immer.«

»Na, Emmi, also gib dich mir auch mal zu erkennen.«

Eine kurze, helle Lachsalve. Und Emmi gab richtig eine Probe ihres Talents. Sie war freilich noch etwas zaghaft, und Poldi erklärte, dass es manchmal ›viel, viel toller‹ sei.

Heute bekamen sie alle drei Bonbons.

Natürlich sprach sich's in der IXb bald herum, welch generöse Bekanntschaft die Poldi von Druhsen besaß. Und auf dem Heimweg hatte sie fortan stets Begleitung. Manchmal kamen sie sogar, zu einer langen Kette eingehängt, acht oder neun Mädels hoch, die Straße daher. Mittags war Saß leider selten daheim. Größere Chancen hatten die, die früh einen Umweg nicht scheuten und beim Landratshaus auf Poldi warteten.

Nachdem er eines Morgens erklärt hatte, dass sein Bonbonvorrat erschöpft sei, ließ die leidenschaftliche Schwärmerei für Poldi von Druhsen etwas nach. Schließlich trippelte der Fliegenpilz wieder allein zur Schule.

Aber bei der hübschen Gewohnheit war es geblieben, dass die kleinen Mädels ihn nun immer knicksend begrüßten, wenn er sich am Fenster zeigte. Er kannte sie bald alle bei Namen und hatte mit vielen von ihnen oft ganz amüsante Gespräche. Die Jungens, die auf dem Weg zum Gymnasium die Schulstraße passierten, auch ältere Schwestern, die die jüngsten begleiteten, hielten es dann gleichfalls für erforderlich, dem freundlichen Offizier mit dem großen, grimmigen Schnurrbart und der majestätischen Meerschaumspitze Gutentag zu sagen. Das ging so jahrelang. Und als Heinrich Saß den zweiten Stern bekam, hieß er auch schon in den Mittelklassen der beiden Schulen »Onkel Saß«. Natürlich erhielt er die Freundschaft durch kleine Geschenke: Bonbons, Bildchen, Murmeln, Briefmarken und Schokoladenzigarren. Die Beschaffung all dieser Kinderherrlichkeiten bildete mit der Zeit einen festen Posten in seinem Monatsetat.

Und seine väterliche Freundschaft entbehrte nicht des erziehlichen Moments.

»Das sag' ich aber Onkel Saß, weißt du, und wir sagen ihm alle, dass wir nicht mehr mit dir umgehn!«

Diese Androhung war einem kleinen Sünder oder einer kleinen Sünderin peinlicher als ein Anklatschen bei Mama oder in der Schule.

Wenn er die Schilderung der neuesten Gräueltat von der stupsnasigen Berta, dem wilden Thedi oder dem übermütigen Zwilling Emmi, der inzwischen ein drolliger Backfisch geworden war, hörte, so ward's ihm ja jedesmal äußerst schwer, eine finstere Grimasse zu schneiden. Aber er sprach dem kleinen Sünder doch in möglichst eindringlichem Tone ins Gewissen. Nur wenn eins der Jüngsten zu weinen anfing, dann schloss er rasch das Fenster. Denn wirklich traurig konnte er seine kleinen Freunde nicht sehen; das ging ihm zu nahe.

Einmal brachte ihn seine Allerweltsonkelschaft aber in eine verzweifelte Lage. Und das war gerade bei der Anwesenheit des Divisionskommandeurs.

Man hatte zusammen mit der detachierten Schwadron eine Nachtübung gehabt. Unter schmetternden Fanfaren kehrten die Ulanen ins Städtchen zurück: Der Divisionär und der Oberst sowie die Adjutanten ritten voraus, und hinter dem Trompeterkorps kam als die erste die Schwadron des Rittmeisters Saß.

Unglücklicherweise zog das Regiment durch die Schulstraße, die sonst vermieden wurde, – und unglücklicherweise war's kurz vor acht: die Trottoirs wimmelten von Schuljugend.

»Da ist Onkel Saß!« rief jubelnd ein Quintaner, der an einem Gartenzaun hochgeklettert war. – »Au, der Onkel Saß!« stimmten ein paar andre ein. Und rufend, lachend, jauchzend sprangen Jungens und Mädels rechts und links neben der Kolonne her. »Onkel Saß, ist das *dein* Schimmel?« – »Onkel Saß, geht ihr jetzt schon wieder nach Hause?« Und ein ganz Frecher rief: »Onkel Saß, hast du Briefmarken mit? Au, Onkel Saß, aber ich hab' jetzt eine Neu-Guinea!«

»Schwerebrett, ihr kleines Volk, wollt ihr wohl aus dem Wege? Marsch in die Schule, ihr Kroppzeug!«

Er ärgerte sich über die Respektlosigkeit, genierte sich vor den Mannschaften, die zu grinsen begannen, – und hatte gleichzeitig Angst, dass die Pferde scheuen, dass die ausgelassenen Rangen in die

Kolonne hineingeraten könnten. Aber er vermochte sich vor den Ovationen nicht zu retten. Es ging so bis zur Kaserne.

Natürlich hatte es auch der General gesehen. Beim Liebesmahl ward der Rittmeister gewaltig geuzt – und von Stund an hieß er im ganzen Regiment »Onkel Saß«, auch bei den Wachtmeistern und den Leuten.

Er nahm sich vor, nach dem Manöver auszuziehen. Aber als ihm die Jungens und Mädels am Morgen nach dem Einrücken seiner Schwadron Blumen ans Fenster brachten, rührte ihn das so, dass er in der Schulstraße wohnen blieb.

Inzwischen war der Rittmeister dem Schwabenalter nahegekommen. Aus dem ersten Jahrgang der kleinen Mädels waren junge Damen geworden, einer der wilden Bengels, die ihn seinerzeit Hunderte von Bleisoldaten gekostet hatten, diente in seiner Schwadron als Einjähriger: Thedi von Loeben, der Forstreferendar, ein rechter Nichtsnutz, den er voraussichtlich nicht einmal befördern konnte wegen seiner Bummeleien. Die Freundschaft mit den übrigen hatte aber angehalten, und so sah sich »Onkel Saß« als fast achtunddreißigjähriger Rittmeister in eine Rolle gedrängt, die zu spielen er sich als blutjunger Leutnant (seiner unseligen Nase halber) niemals vermessen hätte: Wo immer er in der Gesellschaft auftauchte, war er der *maître de plaisir*.

»Onkel Saß« musste die Kotillontouren arrangieren, er war der Regisseur der lebenden Bilder und der Liebhabervorstellungen, er hielt die Damentoaste, er verteilte die Bazarbuden auf den Wohltätigkeitsfesten. Das war ja ganz natürlich, denn er kannte die jungen Damen und die jungen Herren doch von klein auf; alle wandten sich an ihn um Rat – alle fügten sich aber auch seinen Entschlüssen. Und darum galt er den Müttern und Tanten des Städtchens bald als unantastbare Respektsperson. »Onkel Saß ist ja dabei!« – das genügte zu allseitiger Beruhigung, wenn sich's um eine Radeltour oder um eine Schlittschuhpartie handelte.

Natürlich hatte er auch seine erklärten Lieblinge.

Der kleine Fliegenpilz zum Beispiel war ein zu famoses Mädel geworden.

Poldi hatte ein »polnisches« Köpfchen: braunes Ringellockenhaar und blaue Augen, schwarze Wimpern, dazu zarten Teint. Vielleicht wirkte ihr Gesicht noch etwas puppenhaft infolge der niedlichen

Stupsnase. Aber ihre Augen hatten einen lieben, sinnigen Ausdruck, und das ganze kleine Fräulein war von einer herzerquickenden Frische und Natürlichkeit.

Saß bekam sie zufällig ein paarmal hintereinander auf Gesellschaften als Tischdame. Sie plauderte so herzig, so amüsant, dass er jedesmal wie neu auflebte. Man kam vom Hundertsten ins Tausendste. Es fiel ihm selbst allerhand Drolliges ein. Sie lachten beide manchmal Tränen bei solchen Erinnerungen. Über die Zwillinge – über die Berta – über Thedi, den großen Schlingel ...

Mitten darin überkam ihn aber einmal eine Verstimmung.

Er war geradezu erschrocken, als er sich überlegte, wie alt er doch selbst inzwischen geworden war – und dass die kluge, frische junge Dame, die da so appetitlich und gewinnend neben ihm saß, wirklich der drollige kleine Fliegenpilz sein sollte!

Was war nur in ihn gefahren? Warum kränkte ihn mit einem Male der mächtige Altersunterschied? War er denn etwa verliebt? Er, der Onkel Saß mit der schrecklichen Nase, in die niedliche kleine Poldi?

Solang er jung gewesen war, hatte er ans Heiraten nicht einmal zu denken gewagt, und jetzt, wo sich an seinen Schläfen bereits die ersten Schneeflocken des Alters hervorstahlen, jetzt wollte er seine Augen gleich so hoch erheben?!

›Heinz, Heinz, altes Haus‹, warnte er sich, ›denk an die Else, denk an deine Nase, deine Jahre und – blamier dich nicht.‹

Aber leugnen ließ sich's nicht mehr: Er war bis über beide Ohren in den Fliegenpilz verliebt. Und seltsam: Sie schien ihm gleichfalls ehrlich zugetan. Auch als er dann und wann ernster mit ihr sprach. Ja, es kam ihm neuerdings so vor, als suche sie seine Gesellschaft am meisten. Das machte ihn wieder irre an sich, an ihr – neue Hoffnungen, neue Wünsche zogen in seine Brust.

Auf einem Fest beim Landrat war's da einmal im Wintergarten.

Hier fand er's angenehm still und kühl. Im Ballsaal herrschte eine enorme Hitze.

Poldi kam erhitzt heraus. Ihre Wangen glühten. Sie tanzte immer so leidenschaftlich. Er hatte sie schon öfters gewarnt.

»Was ist das mit Ihnen, Fräulein Poldi? Sie sind ja wieder mal so unberechenbar heute?«

Sie seufzte tief auf. »Ach, ich bange mich so!«

»Sie, Fräulein Poldi? Wonach denn?«

»Mir ist's so schrecklich einsam zumute.«

Sie sagte das sehr traurig. Er blickte melancholisch über das palmen-
bestandene Bassin hin, in dem ein Springbrunnen plätscherte.

»Sie denken wohl noch oft an Ihre arme Mama?«

»Ja, oft. Ach, die Mutter ersetzt einem doch niemand.«

»Und Ihr Vater? He? Der zählt gar nicht?«

»Er ist so alt.«

Saß lächelte. »Na – kaum zwölf Jahr älter als ich.«

Sie gab ihm rasch die Hand. »Sie werden auch niemals so alt werden. Nein, Sie nicht. Weil – ja, wissen Sie, warum? – Weil Sie ein
junges Herz haben.«

Er hielt ihre Hand in der seinen fest. »Das ist lieb von Ihnen,
Fräulein Poldi, dass Sie mir das sagen. Grad in der letzten Zeit, da
kam mir's nämlich oft so vor, als ob ich das Recht auf Jugend verwirkt
hätte.«

»Liebster Herr Saß – ach, könnt' ich Ihnen doch nur gestehen ...«

»Was denn, Fräulein Poldi?«

Sie kämpfte mit sich. In ihren Augen leuchtete es ganz seltsam. –
»Warum haben Sie sich eigentlich nicht verheiratet, Onkel Saß?«
fragte sie plötzlich.

Er lächelte verwirrt. »Wie kommen Sie darauf?«

»Sind Sie mir böse, dass ich so frage?«

»Gar nicht. Nur ...«

Man hörte die Musik wieder spielen. Es war lauschig hier im
Wintergarten und unter den Palmen. Eine warme Glückseligkeit kam
über den Rittmeister.

»Kennen Sie den Grund wirklich nicht, Fräulein Poldi?« fragte er
zögernd. »Oder wollen Sie ihn nicht kennen?«

Sie sah ihn mit großem, ehrlichem Blick an und schüttelte den
Kopf.

»Nun, Fräulein Poldi, ein Mann von meinem barbarisch wüsten
Aussehen ...«

»Ach, Onkel Saß, das?« Sie zuckte leicht die Achsel. »Das vergisst
man doch. Ja, früher, als ich klein war – wissen Sie, als ich die ersten
paarmal bei Ihnen vorüberkam – da hab' ich mich, offen gestanden,
geradezu vor Ihnen gefürchtet. Vor Ihrem Schnurrbart und ...« – sie

ward ein wenig rot – »und vor Ihrer großen Meerschaumpfeife. Aber dann waren Sie doch so lieb zu uns ...«

»Und die Bonbons, wie?«

Sie lächelte. »Vielleicht auch. Aber die allein taten's nicht. Sie hatten ein Herz für uns. O, das fühlten wir wohl heraus. Schließlich haben wir ja alle für Sie so geschwärmt – das wissen Sie doch, nicht?«

»Na ja, sehen Sie, das war also auch noch mit ein Grund dafür, dass ich ledig blieb«, scherzte er. »Ich hatte für so viel fremde Mädels und Jungens zu sorgen, dass für mich selbst nichts übrig blieb.«

»Vielleicht ist es gut so, lieber Herr Saß. Da hab' ich Sie jetzt auch noch. Doch *einen* Menschen. Ach, ich fühle mich oft so verlassen, so ratlos, so schutzlos, dass ich laut aufweinen möchte ...«

»Poldi!« rief er erschrocken.

Sie hatte sich abgewandt, das Taschentuch vor die Augen pressend.

Mit unsicherer Stimme sprach er ihr zu.

»Liebe kleine Poldi! Glauben Sie, dass ich's gut mit Ihnen meine? Ja? Jetzt kann ich's Ihnen ja sagen: Sie sind mir schon von klein auf so – so ans Herz gewachsen! – Ich – ich ... ich hab' Sie so lieb, Poldi ...«

Schluchzend presste sie den Kopf an seine Schulter.

Eine mächtige Rührung überkam ihn. Es waren ein paar selige Augenblicke für ihn.

So zart, so lieb, so duftig das ganze kleine Persönchen. Und so hilflos dabei.

Konnte er ihr noch mehr gestehen? Durfte er's?

Das Glück sprengte ihm fast die Brust.

Er nahm ihren braunen Kopf, strich mit der zitternden Hand über ihr Haar, dann beugte er sich nieder und küsste sie leise auf die Stirn.

»Liebe kleine Poldi!« flüsterte er noch einmal.

Sie schrak zusammen, denn in der Nähe hörte man Schritte. Ein Tänzer kam, der sie nach dem Ballsaal holte.

In der folgenden Nacht schlief er kaum. Immerzu musste er an Poldi denken.

Liebte sie ihn wieder?

Gab es wahrhaftig ein Weib, das über seine Hässlichkeit, sein Alter fortsah – das nur den ehrlichen Menschen mit dem jung gebliebenen Herzen in ihm suchte?

Aber was würde ihr Vater sagen – was würde das Regiment, was würde die Stadt sagen?

Eine zitternde Unruhe beherrschte ihn den ganzen nächsten Tag über.

Ein paarmal entdeckte er sich auch vor dem Spiegel, wo er sich gedankenvoll musterte. Da genierte er sich aber vor sich selbst.

Morgen war Sonntag. Am besten war's, er warf sich gleich um die Kirchzeit herum in Gala und trat beim alten Herrn von Druhsen an.

Während er so im Dämmer sinnend durch seine stille Wohnung schritt, hörte er plötzlich hastige Schritte im Hausflur – gleich darauf pochte es an seine Tür.

Er war wie vom Blitz gerührt, als er die Eintretende erkannte.

Es war Poldi ...

»Bscht, nicht böse sein – ach lieber, lieber, guter Freund – nein, halten Sie mir keine Strafpredigt ... Ich weiß ja, dass ich das nicht sollte, nicht durfte ...«

Er sah sich entsetzt im Zimmer um, schloss hastig die Tür zur Schlafstube und griff mit unsicherer Hand nach den Streichhölzern, um wenigstens die Lampe anzuzünden.

»Nein, lassen Sie – bitte, kein Licht machen –!«

»Poldi – Mädel! Wie konnten Sie nur! Wenn Sie jemand gesehen hätte! Sie ahnen ja gar nicht, was für törichte Klatschereien das geben kann!«

»Es ist mir alles eins. Ich musste zu Ihnen. Sie sollen mir helfen. Und Sie werden's. Ich weiß, dass Sie mich lieb haben. Ich hab' Sie ja auch so lieb. Sie werden mich nicht zugrunde gehen lassen.« Sie stieß das hastig, leidenschaftlich, fast trotzig hervor.

»Liebe, böse, wilde, kleine Poldi! Was fang' ich nur mit Ihnen an?«

»Kommen Sie. Bitte, bitte. Setzen Sie sich daher. Und ich setze mich Ihnen gegenüber. Und dann sag' ich Ihnen alles.«

Es geschah, wie sie's wünschte.

»Papa hat eine Partie für mich – das ist's«, sagte sie erschöpft. »Ich hab's ja schon lang gemerkt – aber nie merken wollen ...«

»Herr von Laub – der Divisionsadjutant?« entfuhr es ihm sofort in gitterndem Ton. Er wusste selbst nicht, wie er gerade auf den kam.

Sie nickte. »Und ich – mag ihn doch nicht. Gestern Abend aber – da hat er immer mit mir getanzt – und dann auch bei Tisch so seltsam gesprochen – und Papa sagte hernach ... Ach, ich bin so unglücklich, so unglücklich!«

Sie presste das Antlitz in die Hände, stützte die Ellbogen auf ihre Knie und weinte.

Wie's ihn jetzt verlangte, sie emporzuheben, sie an sich zu reißen, sie zu küssen – sie gegen alle Welt zu verteidigen!

»Poldi«, sagte er leise und bittend, »wollen Sie denn dulden, dass ich Ihnen helfe?«

Sie weinte immer erschütterter. »Sie sind doch der einzige, der mir helfen *kann*. Und wenn Sie mit Papa sprechen, dann – dann ...«

Ein tiefer, tiefer, wohliger Seufzer kam aus seiner Brust.

Sie erhob den Kopf, blickte ihn mit ihren tränenverschleierten Augen verzweiflungsvoll bittend an. »Denn Sie wissen doch ... Oder Sie haben doch gemerkt ...?«

O, gemerkt hatte er schon so manches.

»Liebste Poldi«, sagte er, stammelnd vor Erregung, »ich – ich hab' ja keinen sehnlicheren Wunsch, als Sie glücklich zu machen.«

Da sprang sie auf und flog ihm mit einem schluchzenden oder jauchzenden Aufschrei an die Brust. Und eh' er sich's versah, hatte er einen Kuss von ihr, einen hastigen, heißen, leidenschaftlichen Kuss. In der nächsten Sekunde war sie wieder draußen – blitzschnell – und da fiel auch schon die Haustür ins Schloss.

Er blieb eine geraume Weile unbeweglich stehen – wie im Traum – wagte kaum zu atmen. Auf seinen Lippen fühlte er noch die ihren. Und es war so ein linder, frischer, weicher, berauschender Duft im Zimmer ...

Er war so ergriffen von diesem Erlebnis, dass er beinahe das Kriegsspiel versäumt hätte, das abends im Kasino stattfinden sollte. Der Bursche erinnerte ihn noch in letzter Minute.

Nach dem Dienst – der ihm heute eine Qual war – nahm ihn der Oberstleutnant, der seit kurzem das Regiment führte, beiseite.

»Vorhin war Herr von Druhsen bei mir, der Landrat ...«

Dem Rittmeister fuhr das so in die Knochen, dass der Vorgesetzte lächelnd die Hand auf seine Schulter legte.

»Bitte, bitte, lieber Saß, was halb Außerdienstliches. Er kam nicht als Kreistyrann, sondern als Haustyrann. Es handelte sich um seine Tochter. Na, Diskretion natürlich vorausgesetzt, lieber Rittmeister. Oder sind Sie bereits unterrichtet?«

»Teilweise, Herr Oberstleutnant.« Saß machte noch immer ein dienstliches Gesicht. Er glaubte Poldis Besuch verraten.

»Also Fräulein von Druhsen hat einem Kameraden – Name tut nichts zur Sache – einen Korb erteilt. Ziemlich schlankweg. Grund: Es schwebt da schon seit längerer Zeit 'ne andre Geschichte. Von der der Landrat aber neuerdings nichts mehr wissen will.«

Dem Rittmeister bildeten sich Kreise vor den Augen. Alles begann sich rund um ihn zu drehen. Er konnte kein Wort sagen. In fieberhafter Spannung wartete, lauschte er.

»Sie haben den jungen Mann in Ihrer Schwadron. Er ist der junge von Loeben. Sie wissen: Der hätte Aussicht zu den Reitenden Feldjägern zu kommen; aber dazu wäre seine Qualifikation zum Reserveoffizier unumgänglich notwendig. Nun hat der Landrat erfahren, dass Loeben nicht befördert werden soll – na, und da meint er denn, ihn gleichfalls fallen lassen zu sollen. Er erbat von mir aber zuvor eine definitive Auskunft. Seiner Tochter wegen. Und da möcht' ich Sie denn fragen ...«

Noch ein paar Sätze halbdienstlichen und privaten Inhalts – dann war der Rittmeister entlassen. Er verließ das Kasino ungesäumt.

Er lief durchs Städtchen, über die Promenade, vors Tor – dann strich er durch den Forst, trotzdem es stockdunkel war ...

Die Herren vom Regiment hatten sich sehr darüber gewundert, dass Saß, der sich rar genug machte, heute Abend an der offiziellen kameradschaftlichen Vereinigung nicht teilnahm. Als die Stimmung schon ziemlich vorgeschritten war – weit nach Mitternacht – stellte er sich aber doch noch ein. Und da war er der ausgelassensten einer. Schließlich wollte man von ihm eine Ulkrede hören. Er sträubte sich lange. Aber dann stieg er doch auf einen Stuhl und sprach. Ja, worüber hatte er nur gleich gesprochen? Richtig, über die Nasen, über die Nasen im Allgemeinen – und seine eigene im Besonderen. Die Herren wollten sich ausschütten vor Lachen. So aufgekratzt hatten sie den Rittmeister überhaupt noch nicht gesehen. Und es lag in vielem, was er sagte, eine so köstliche Selbstironie … Wer bis dahin noch geglaubt hatte, dass man Saß beleidigte, wenn man auf sein Monstrum von Riechorgan anspielte, der ward heute eines besseren belehrt. Er trug sein Missgeschick mit wirklichem Humor. Mit lachendem – überwältigendem Humor!

Andern Tags beim Frühappell teilte der Wachtmeister dem Einjährig-Freiwilligen von Loeben mit, dass er um zwölf Uhr im Dienstanzug beim Herrn Schwadronschef anzutreten habe.

Klopfenden Herzens begab sich »Thedi« zur Wohnung des Rittmeisters.

Er war ein hübscher, flotter junger Mensch – im Augenblick aber ziemlich blass.

»Na, treten Sie schon näher, von Loeben, und lassen Sie die Armesündermiene. Ich wette, dass Sie gestern wieder was ausgefressen haben. In Zivil ausgewesen, he? Übern Zapfen gestrichen?«

Der Einjährige schwieg.

»Einmal haben Sie schon vier Wochen zur Strafe dafür in der Kaserne quartiert – ein andermal haben Sie den Festurlaub entzogen bekommen – das nächste Mal müssten Sie in Arrest. Und das wäre doch ein Jammer, wie?«

»Zu Befehl, Herr Rittmeister.«

Saß ging dröhnenden Schrittes auf und nieder. Er war sehr nervös und zündete sich jeden Augenblick aufs neue seine Meerschaumpfeife an – dieselbe, die »Thedi« kannte, seitdem er zur Schule ging. Sie glimmte nur matt, dann ging sie immer wieder aus. Plötzlich blieb er hart vor dem jungen Mann stehen und sah ihm scharf ins Gesicht.

»Potzschwerebrett, bei Ihnen handelt sich's doch um mehr als darum, bloß ein bisschen Sommerleutnant zu spielen. Wollen Sie sich denn Ihre ganze Karriere verpfuschen? Und mehr als das – Ihr ganzes Lebensglück? – Setzen Sie sich mal da ans Fenster, Loeben. Ja, auf den Fauteuil da. Und dann sehen Sie mir mal ins Auge. So. – Wissen Sie, Loeben, wer gestern auf dem Fauteuil gesessen hat? – Fräulein von Druhsen.«

Der junge Soldat zuckte zusammen – verstört sah er seinen Vorgesetzten an.

»Ja. Fräulein Poldi. Die kennen Sie doch noch, wie? Von früher her? Wo Sie sie in den dummen Kinderschlachten da draußen auf der Schulstraße verteidigt haben, was? Ja, damals war der Thedi ein tapferer, ritterlicher, kleiner Bengel. He, ist das ganz aus Ihrem Gedächtnis geschwunden?«

»Nein, Herr Rittmeister.«

»Na also. Und jetzt kommt die kleine Poldi für ihn bitten. Wohl aus alter Dankbarkeit. Aber der Thedi verdient's gar nicht – denn es ist ein langer, großer, fahriger, bummliger Einjähriger aus dem Thedi geworden, der keinen Respekt vor dem königlichen Dienst hat.«

»Ach, Herr Rittmeister ...«

Und der Thedi zeigte nun allerdings, wie wenig Soldatisches in ihm steckte. Er vergaß völlig, dass er doch längst nicht mehr der Schuljunge war, der seine Herzenskümmernisse dem »Onkel Saß« beichten durfte – und in einer langen, langen, ganz unmilitärischen Rede legte er los: Er habe doch keine Ahnung davon gehabt, dass Fräulein Poldi ihm wirklich noch gut sei, denn da habe es mal eine Eifersucht zwischen ihnen gegeben – wegen Herrn von Laub – und da hätten sie sich verzankt und er sei zu dem ersten Winterball nicht eingeladen worden. Aber es habe ihn daheim nicht geduldet – er liebe Fräulein Poldi doch so wahnsinnig – und so sei er Hals über Kopf in Zivil fortgelaufen, ins Landratshaus, um sie heimlich zu sprechen, wenn auch nur für eine Sekunde ...

Sassens Pfeife ging immer wieder aus. Schließlich legte er sie weg.

»Hm. Ja. Und da sah Sie der Wachtmeister. – Und weil Sie die erste Strafe nun mal weghatten, glaubten Sie danach, es käme doch nicht mehr drauf an?«

»Ja«, sagte Thedi trotzig, »es lag mir an meiner ganzen Karriere nichts mehr. Denn Poldi – Poldi sollte sich doch – mit Herrn von Laub verloben.«

Eine lange Pause.

»Nun will ich Ihnen mal was sagen, Loeben. Zu morgen wünscht das Regiment die Beförderungsvorschläge. Da sollen Sie meinethalben auch mit zum Gefreiten ernannt werden, damit Sie seinerzeit Offiziersaspirant werden und ins Feldjägerkorps kommen. Worauf sich der

Landrat nun mal kapriziert. Ruhe, kein Wort. Und Sie werden künftighin Ihre Pflicht tun, hoff' ich. Als junger Bursch haben Sie für die kleine Poldi den Ritter gespielt. Nun denken Sie dran, dass Sie als Mann das Schicksal der großen Poldi an das Ihre geschmiedet haben. Alles, was Sie sich fortan im Leben zuschulden kommen lassen, trifft somit gleichzeitig Ihre Poldi. Seien Sie also ritterlich, Thedi, seien Sie ritterlich. Das hilft über vieles weg, glauben Sie mir's. Und nun mit Gott. Eskadron kehrt schwenkt – Trab!«

Der Rittmeister trat darauf einen längeren Urlaub an. Von der Bahn aus schickte er ein paar Blumen an den »Fliegenpilz« mit einem kleinen Billett.

Das lautete folgendermaßen:

»Liebes Fräulein Poldi! Mit meinen Abschiedsgrüßen sende ich Ihnen im voraus meinen herzlichen Glückwunsch. Wenn ich zurückkehre, sind Sie wohl schon ›Thedis‹ Braut – und ich will partout der allererste sein, der Ihnen dazu gratuliert. Behalten Sie mich in freundlichem Andenken. Ich werde Ihrer auch nicht so bald vergessen, liebes Fräulein Poldi. Sie sind nämlich, ganz im Vertrauen gesagt, das erste weibliche Lebewesen seit meiner guten Mutter, das mir trotz meiner barbarisch gräulichen Nase einen Kuss gegeben hat. Es war ja dunkel im Zimmer. Und es war ein Kuss, der nicht dem Manne, sondern lediglich dem alten Vertrauten, dem väterlichen Freund aus der Schulstraße galt. Immerhin hat er unbändig glücklich gemacht

Ihren alten Onkel Saß.«

Der närrische Kauz

Eine Schwarzwälder Musikantengeschichte

Einem guten Kerl und schnurrigen Musikanten will ich in diesen
Blättern ein Denkmal setzen. Dem prächtig groben, ewig begeisterten
– und ewig durstigen Wilibald Fähndrich.

Er ist kein Berühmter dieser Erde geworden. Aber vor mir taucht
wie aus einer Versenkung so viel Poetisches und Ulkiges, Sonniges
und Tragikomisches auf, wenn mir bei der Erinnerung an meine erste
dramatische Jugendsünde, meine längst verklungene Schwarzwälder
Märchenkomödie »Mummelgeister«, der Name Fähndrich wieder
einfällt.

Wilibald Fähndrich war der Sohn eines ehrsamen Stadtpfeifers, der
das damals noch zünftige Musikantenhandwerk als flöteblasender
Orchestergeselle in Freudenstadt im Schwarzwald angefangen hatte,
um es durch eisernen Fleiß – und die Verheiratung mit der Tochter
seines Prinzipals – schließlich zum Leiter der Stadtkapelle von Oppenau zu bringen. Den letzten Rest seiner Tage verlebte Fähndrich senior
in einem kleinen Schwarzwalddorf bei Höhenschwand, wo er die
materiellen Errungenschaften seines langen Künstler-Erdenwallens in
einem Kleinbauernhaus mit Garten, einer Kuh und zwei Ziegen ange-
legt hatte.

Wilibald Fähndrich, der einzige Erbe des Kleinbauernhofs, der Kuh,
der Ziegen und des musikalischen Talents seiner Eltern, spielte im
Alter von sechs Jahren bereits in Vaters Tanzkapelle die erste Geige
am zweiten Pulte mit. Fähndrich senior hatte in seinem Sprössling
die Liebe zu den Klassikern und nacheinander zu sämtlichen Streich-
und Blasinstrumenten mittels großer Geduld und eines noch größeren
Rohrstocks geweckt.

Von den Wissenschaften hielt er nicht viel. Mit Lesen, Schreiben,
Rechnen, etwas Katechismus und reichlich Generalbass konnte der
Mensch doch auskommen. Schulzwang herrschte damals noch nicht.
Der kleine Wilibald entwickelte sich aber, sobald ihm das Abc beige-
bracht war, aus eignem Antrieb zu einer unersättlichen Leseratte.

Als ich ihm auf jener Sommerwanderung vor zehn Jahren, die für mich ein Stückchen Schicksal bedeutete, kennenlernte, vertraute er mir an, dass es in Höhenschwand, Freudenstadt und Oppenau wohl kaum einen Schmöker mehr gebe, den er noch nicht gelesen, vielmehr verschlungen habe.

Ich hatte im Hotel auf der Passhöhe droben keinen Platz mehr bekommen und schlenderte bei aufzuckendem Gewitter verdrießlich zu Tal. Da vernahm ich plötzlich von dem kleinen Bauernhause her Geigentöne – nein, es war Bratsche – ich blieb stehen und lauschte, lauschte immer erstaunter, immer atemloser. Es war eine mir unbekannte Romanze oder Ballade, etwas rhapsodisch, bizarr in den Harmonien, im Rhythmus; aber mit wunderbarem Bogenstrich, großzügig und mit Temperament gespielt.

Lange stand ich vor dem offenen Fenster. Endlich schwieg die Musik, und der Spieler kam, die Bratsche im Arm, näher.

»No, Sie mache ja so e verzwacktes Gesicht, Sie? Hat Ihne des Stickle net g'falle? 's isch no net ganz fertig, wisse Se. Gewwe Se emol Achtung. Grad hab' ich mir gedenkt, da müsst mer noch e paar Doppelgriffe nemme. Gelle Se? Warte Se emol ...«

Hemdsärmlig wie er war, setzte er sich aufs Fensterbrett und spielte das Stück noch einmal. Als die Doppelgriffe kamen, sah er mich fragend an – in wirklicher Verzückung und doch gleichzeitig pfiffig-schmunzelnd.

Er war ein großer, breitschultriger, stämmiger Mensch, zählte etwa dreißig Jahre, er hatte starkes braunes Haar, fast kupferfarbene Haut wie ein Bauer, oder wundervoll tiefe, in ihrer leuchtenden Helligkeit, ihrer seltsamen Lichtbläue frappierende Augen.

»Wisse Se«, fuhr er dann gemütlich fort, »die Doppelgriff, die hat mir früher der Mendelssohn und der Sae's oder wie des Luder heißt, so arg verleidt g'habt. Mer geniert sich doch heitzutag noch oinen hinzulege. Net? Immer Sexte und Terze und sonscht nix. Ich sag: Kontrapunkt her! Oin oinzigs Blättle Bach isch mir lieber als der ganze Mendelmeyer. So ebbes Woichliges, des kann ich ums Verrecke net ausstehe.« Er setzte die Bratsche an die Backe. »Kenne Se die Ciaconna vom Bach?«

»Ja. Ich hab' sie vom Joachim gehört.«

»Guck emol ahn. Ich ah. Ich hab e halbs Jahr lang bei em studiert, beim Joachim, des isch oiner, der kann was, der Joachim.«

Und nun spielte er die Ciaconna von Bach.

Himmel, wer mochte das nur sein? Irgend ein Großer, ein ganz Großer, dem Geigerkönig Ebenbürtiger, war's auf alle Fälle. Aber wer – wer? So was Deutsches lag in seinem Spiel, so viel Kraft und Trotz – und dabei doch jener herbe Zauber von Romantik.

Die ersten schweren Regentropfen fielen. Da forderte er mich auf einzutreten – leutselig und urwüchsig, wie's seine ganze Art war.

Die Einrichtung war bäurisch. Aber viel Bücher und Noten und Instrumente sah ich, auch ein Pianino und ein Harmonium.

Ich stellte mich vor, sagte ihm, dass ich hier in der Gegend ein gemütliches, billiges Unterkommen suchte für ein paar Sommerwochen, um meine Doktorarbeit zu beginnen.

»Hawwe Se Biecher mit?« fragte er, sofort meinen Rucksack musternd.

»Im Koffer, ja. Der liegt noch in Oppenau.«

»Her damit, immer her damit. L'en S'en hole. Un wisse Se waas? Da hiwwe, der Herr Pfarrer, der hat noch e Kämmerle. Da gehn Sie her un sage, so un so, des un des, un der Herr Fähndrich schickt mich, en scheener Gruß vom Herr Fähndrich, sage Se, un Sie mechte mir des Kämmerle oinräume, wo Sie noch frei hawwe. – Was sin denn des for Biecher, wo Sie mithawwe?«

»Es soll eine Abhandlung über altprovenzalische Chansons werden, die Zeit der Troubadoure u.s.w. Dafür hab' ich mir aus der Universitätsbibliothek einen ganzen Haufen Quellenwerke kommen lassen.«

»Dunnerwetzche. Gut, gut, des kann so bleiwe. Des Zeigs kenn' ich g'wiss no net. Jetz – Sie g'falle mir. Erscht noch. Wisse Se, sonscht die Sommerfrischler, die's Unglück emol daher verschlagt, die schreie alsfort: numme koi Biecher net! Herrgott von Mannem, des isch schon e Band'. Wenn mer irgend ebbes Dumms spielt, nord gaffe se e Weil, und fangt mer was Ernschtes ahn, nord tappe se weiter. Letschthin fragt mich so e Lumpekrott gar, ob ich net 's Intermezzo aus der Ruschtikana spiele könnt. No, dere hab ich's gewwe. – Ha, also wisse Se waas? Jetz regent's so, no bleibe Se halt emol heit glei da un schlafe uf'm Kanapeh. Die Weibsleit müsse uns waas vom Wärtshaus 'rumhole. En Mordsdurscht hab' ich grad. Sie ah? Un nord setze mer uns zusamme un schwätze noch oins. Gelle Se? Erscht noch.«

O, wir schwatzten noch manches liebe Mal.
Solch ein Original – solch ein genialer Kerl – solch ein prächtiger, biderber Mensch!
Der Pfarrer hat mir natürlich Fähndrichs ganze Lebensgeschichte erzählen müssen. Er war oft böse auf den talentvollen Nachbar, der hier so gottessträflich sein Pfund vergrabe.
Fähndrich versah im Dorf die Organistenstelle und gab in den Nachbarorten ein paar Musikstunden, leitete auch den gemischten Chor in Freudenstadt. Sonst machte er bloß für sich Musik. Aber das so ziemlich vom ersten Hahnenschrei an bis in die sinkende Nacht.
Seine Einnahmen waren mithin nur klein. Aber er lebte auch denkbar bescheiden. Die Wirtschaft führte ihm die alte Bärbel, ein gemütlicher Hausdrache. Als junges Ding hatte sie eine Liebschaft mit dem Klarinettisten von des alten Fähndrichs Kapelle gehabt und war schließlich mit einer kleinen Bärbel sitzen geblieben. Seitdem gehörten beide Bärbels zum erblichen Hausrat der Fähndrichs. Auch die kleine. Die war ja zu niedlich, wenn sie so mit ihrem hübschen ovalen Gesichtchen, den dunkelbeschatteten freundlichen Augen und ihrem frischen, gesunden Lachen Sonne und Wärme und Behaglichkeit in die Stube hereinbrachte – trotzdem wunderte mich's, dass er's als freier, hochbegabter Künstler in diesem engen Zirkel aushielt, während einem Mann von seinem Talent doch die Welt offen stand.
»Ach, was haben wir schon alles angestellt«, sagte der Pfarrer zu mir, »um was aus ihm zu machen. Als sein Vater starb, haben wir gesammelt. Er sollte in die Welt gehn, eine Ausbildung erhalten, zweihundert Taler kamen zusammen. Als ich ihm das Geld brachte, stellte ich ihm vor, was er noch alles erreichen könne, wenn er wolle. Aber wissen Sie, was geschah? Er gab sofort die Stunden auf, die Stelle als Organist und spielte auch nicht mehr in Freudenstadt in den Konzerten.«
»Aber was tat er in der ganzen Zeit?«
»Er spielte für sich, komponierte, lebte so sparsam als möglich – das heißt einen guten Trunk verachtete er ja nie –, und wenn wir ihm Vorstellungen machten, ihm die Bude stürmten, dann nahm er

die Geige oder die Bratsche, zog damit in den Wald hinein – und lachte uns aus.«

»Und das Leben führte er so lange, bis das Geld alle war?«

Der Pfarrer nickte. »Dann kam mal ein reicher Herr vom bayerischen Hof hier durch, zufällig, der hörte ihn spielen. Na, und dem gelang's auch wirklich, ihm den Dickschädel zurechtzusetzen. O, hat der geackert mit ihm. Bis er endlich mitkam. Nach München, aufs Konservatorium.«

»Und da hat er dann fleißig gearbeitet?«

»Wie ein Pferd. Ei, faul ist er ja durchaus nicht. Er sagt, da hätte er erst gemerkt, was er noch alles erreichen müsse. Drum ging er hernach auch noch nach Berlin zum Joachim. Aber vom Studium kam er sofort wieder zu seinen beiden Bärbels her. Na, und da lebt er nun nicht anders als zuvor. Einmal war der Münchener Herr wieder da. Nein, war der bös. Jeder Ehrgeiz fehle ihm, sagte er. Und darin hat er recht. Ich fragte ihn, *warum* er denn dann so fleißig in München und in Berlin studiert habe? – ›Um mir selbscht nix Falsches mehr vorz'spiele!‹ war seine Antwort. Und dabei guckt er einen so seelenvergnügt an … Ja, ich denke manchmal bei mir: Entweder ist er ein ganz hirnvernagelter Dummkopf – oder er ist ein großer Philosoph!«

Ein wunderlicher Heiliger war er auf alle Fälle, der wackere Wilibald.

Es war ein herrlicher Sommer. Wir wurden gut Freund: Er war mein Führer in den dunkeln Schwarzwaldtälern und auf den lichten Höhen seiner Kunst.

Am Mummelsee lagerten wir uns einmal in einer stillen warmen Sommernacht. Der Wein, den wir in unsern Rucksäcken hergebracht hatten, kühlte im See. Er hatte die Bratsche mit und spielte.

Es zwang uns dann immer, immer wieder hin.

Tiefeingebettet im dunkeln, gewaltigen Tannenforst liegt der schwarze, stille, unergründliche See, wie leblos, nur belebt von den bunten oder schauerlichen Spukgestalten der Frau Sage.

Da entstanden aus Mondscheinromantik und Weinlaune, Jugendschwärmerei und Waldesgeflüster die »Mummelgeister«.

Fähndrich spielte – ich dichtete es. Oder ich faßte unsere Stimmungen in Verse – und er vertonte sie.

Ich wollte ihm ein Libretto verfassen. Aber er entsetzte sich vor dem Gedanken an eine Oper. So trieb mich's denn in jenen einzigschönen jugendfrohen Sommerwochen zum ersten Entwurf meiner »Märchenkomödie mit Musik« – und die gelehrte Abhandlung über die altprovenzalischen Chansons ist nie geschrieben worden. Zur Beschwichtigung meiner händeringenden Verwandten hatte ich wenigstens die Genugtuung, dass meine »Mummelgeister« an einem veritablen Hoftheater das Licht der Rampen erblicken sollten. Natürlich reiste ich zu den Proben. Fähndrich aber gab weder auf meine noch auf die dringliche Einladung des Kapellmeisters ein Lebenszeichen von sich. Da schrieb ich ihm endlich sacksiedegrob. Ungefähr so:

»Wenn Du alter Mistpeter auf Deinem elenden Bauerndorf Deine lausige Musik Dir alleine vorkratzen willst, gut, kratze so viel Du Lust hast – ob's gut oder falsch klingt, es hört ja außer dem armen Pfarrer kein leidlich vernünftiger Kulturmensch. Aber wenn Du einem da erst groß ein Notengeschreibsel mitgibst (das übrigens kein Hund lesen kann) und verlangst, dass sie's hier einer Masse entsetzten Volks vorkratzen sollen, so grenzt das an Tierquälerei. Komm sofort her und mach dem Unfug ein Ende. Tausend Grüße von Deinem aufrichtigen Freund u.s.w.«

Das wirkte.

Zur dritten Aufführung war er da.

Gleich seine Einführung war köstlich.

Von der Bahn aus hatte er sich durch einen bloßfüßigen Jungen nach dem Theater geleiten lassen. Seine Reisetasche – ein buntgesticktes Ungeheuer, ein kulturhistorisches Erbstück des alten Stadtpfeifers – hatte er nicht aus der Hand gegeben. Dazu sein altväterischer Gehrock, seine Rohrstiefel mit den zu kurzen Hosen, der schattenwerfende Hut, der Knotenstock, das wilde Gesicht, die ganze, mächtige Naturmenschenerscheinung: er erregte in der Residenz ziemliches Aufsehen.

Noch größeres aber im Theater.

Mit seiner Bärenstimme erklärte er laut und schallend gleich im Vestibül, er dulde nicht, dass man seine Musik verhunze – das Stück solle abgesetzt werden. Endlich hatten wir ihn im Konversationszimmer. Der Direktor kam, der Regisseur kam, der Dramaturg. Wir redeten alle auf ihn ein, stellten ihm vor, er müsse sich doch erst einmal selbst anhören, wie seine Musik gespielt werde. Dass ich nur eine List gebraucht hatte, um ihn von seinen beiden Bärbels wegzulotsen, das glaubte er einfach nicht.

Das Peinlichste war, dass auch der Kapellmeister an meine List nicht recht glaubte. Er schnitt mich und den Komponisten den Abend über vollkommen.

In der Direktionsloge, möglichst im Hintergrund, ward Fähndrich, der sich trotz meiner verzweifelten Bitte, trotz Hausgesetz und Logenschließer noch immer nicht von seiner Reisetasche getrennt hatte, untergebracht. Mich plazierte man daneben.

Zitternd und zagend harrte ich des Vorspiels.

Ich hatte es dem Kapellmeister ein paarmal gesagt, dass er's viel zu langsam nehme. Aber siehe da – heute war er so zornig über das verletzende Urteil des Komponisten, dass mit dem Augenblick, da er den Taktstock erhob, Temperament in die Sache kam.

Und mein Wilibald Fähndrich – war zufrieden.

»Woisch, er isch gar net so dumm wie er aussieht, eier Kapellmeischterle«, sagte er schmunzelnd, als dem Vorspiel lauter Beifall aus dem dichtgefüllten Saale folgte.

Und von Akt zu Akt stieg seine Zufriedenheit. Ja es kam allmählich etwas wie Jubel in ihm hoch.

»Fein, fein, des isch gut so. Erscht noch. Des kann so bleibe.« – Bloß hie und da schnitt er eine Grimasse nach dem zweiten Fagott oder der Altposaune hin. »Esel der du bisch!« knirschte er dann zwischen den Zähnen.

Aber gleich darauf folgte er wieder der Musik, sichtlich mit fortgerissen. Auch dem Spiel.

Bei ein paar humoristischen Szenen patschte er mir vergnügt aufs Bein.

»Du bischt e Sackermenter, hotzblitz noch emol!« rief er einmal so laut, dass alles hersah und ich mich tief zur Erde beugte.

Im Haus hatte sich's herumgesprochen, dass der Komponist gleichfalls anwesend sei. Zum Schlusse verlangte man uns beide zu sehen.

Aber Fähndrich hätte sich eher schlachten lassen, als dass er sich da auf die hellerleuchteten Bretter hinstellte und dem Publikum (»denne Krautköpf«, sagte er) seinen Knicks machte.

Hinterm Vorhang ward noch einmal Premierenrummel veranstaltet, man umringte uns und beglückwünschte Fähndrich wieder und wieder. Es kam auch zu einer Versöhnung mit dem Kapellmeister. Im Grunde interessierte ihn dieser talentvolle Grobian riesig.

Ein paar vergnügte Künstler, Musikanten und Theaterfexe kristalli- sierten sich hinzu, wir zogen – Fähndrich mit der Reisetasche in der Mitte – nach dem »Krokodil« und bewältigten dort unter sehr anre- genden, stellenweise kunsttriefenden Debatten fabelhafte Mengen von wohltemperierten Flüssigkeiten.

Und so ward aus Abend und Morgen ein neuer Tag.

Nun stand es bombenfest: Wilibald Fähndrich war wieder einmal ›entdeckt‹ worden, und natürlich sollte er umgehend berühmt gemacht werden.

Komisch. Aus seiner Musik hatten die guten Residenzler-Leutchen bisher nur ein ansprechendes Talent herauserkannt; am Kneiptisch erkannten sie alle staunend sofort das Genie. Der Herr Hofmusikalien- händler, der einen kleinen Verlag besaß, sagte gönnerhaft, er sei nicht abgeneigt, den Druck der »Mummelgeister« zu übernehmen, wenig- stens für ein Arrangement *à quatre mains* habe er Interesse, oder angereihte Perlen für Klavier und Violine.

»Oder für Kuhhorn und alte Nachttöpf!« fiel mein Wilibald ein. »Dass eich d' Krott petz! Weger mir – ihr könnt mir alle der Buckel lang rutsche!«

Diese mehr drastische als würdevolle Erhabenheit sicherte ihm die Sympathie in noch weiteren Kreisen. Und seltsam: auch das Interesse des Hofmusikalienhändlers wuchs.

Ins Theater brachte ich ihn nur schwer ein zweites Mal. Es war gerade Probe zur »Afrikanerin«. Leutselig stellte ihn der Kapellmeister den Orchestermitgliedern vor. Ob er das Vorspiel der »Mummelgei- ster«, die am Sonntag ihre vierte und damit wohl letzte Aufführung erlebten, selbst einmal dirigieren wolle, fragte er. Und Fähndrich er- widerte treuherzig: »A bewahr, Herr Kapellmeischter, Sie hawwe's ja so gut g'macht als Se's kenne.«

Nun lachte das ganze Orchester. Aber er musste dann doch ans Pult treten und den Taktstock nehmen.

Und jetzt gab's eine denkwürdige Probe.

Immer wieder klopfte er ab, verbesserte, war von einer märchenhaften Grobheit, dabei schwitzte er, raufte sich die Haare, und schließlich warf er die Battuta hin und rief: »Aber so e Schweinerei wie bei denne Herre Holzbläser do hinne – do soll doch gleich 's heilig Herrgöttle 'neinfahre!«

Sie nahmen den ›groben Hinterwäldler‹, wie sie ihn unter sich bezeichneten, nicht ernst, drum ließen sie sich lachend das alles sagen.

Aber als er sich, erschöpft vom vielen Reden und Schimpfen, endlich selbst ans Fagottpult setzte und dem Mann seine Solostelle vorblies, gleich darauf dem Bass, dann dem Horn, dann der Bratsche und schließlich der Klarinette vorspielte, wie er sich diesen Gang, jene Phrasierung dachte – da schwand das mitleidig-überlegene Lächeln mehr und mehr, und bei der letzten Repetition gingen sie mit einem wahren Feuer mit, alle, die Streicher, das Holz und das Blech, und sogar die sonst so eigensinnige Pauke.

Jetzt hatte das Vorspiel wirklich ein andres Gesicht gewonnen.

Man brachte ihm, als er abtrat, einen Tusch. Und der Kapellmeister, als gewandter Theatermensch, der seine verletzte Eitelkeit zu kaschieren weiß, umarmte den Komponisten.

Es folgte eine Reihe festfroher Tage.

Fähndrich war aufgekratzter denn je. Endlich war in ihm etwas wie ein künstlerisches Gewissen erwacht. Wie bearbeiteten wir ihn aber auch, um ihn aus seiner kratzbürstigen Vereinsamung ins fröhlich-schaffende Kunstleben herauszulocken!

Er hatte Kammermusik, er hatte Sinfonien, Ouvertüren komponiert, Violinsonaten, Orgelpräludien. Vieles, was er mir vorgespielt hatte, war freilich nur in der Skizze niedergeschrieben – die Ausführung hatte er fertig im Kopf. Ob er nicht schleunigst seine Noten herkommen lassen wolle, um im Verein mit ein paar jungen Künstlern, die bald gefunden wären, die Niederschrift zu besorgen?

Ja, ja, er sah es ein, gewiss. Aber es war ihm grässlich, so in der Stadt leben zu sollen, womöglich wochenlang, monatelang. Und das kostete hier ein Heidengeld ...

Da rückte ich dem Herrn Hofmusikalienhändler auf die Bude. Auch der Kapellmeister beteiligte sich an der Konferenz, denn er fühlte sich als der hauptsächliche Entdecker. Und eine ganze Partei nahm sich alsbald des widerhaarigen Geniemenschen an. Kurz und gut, Wilibald Fähndrich sollte planmäßig »gegründet« werden.

Zunächst einmal musste man das Quartett, von dem ich allen »Leuten vom Bau« vorgeschwärmt hatte, übrigens sein einziges fertig niedergeschriebenes Werk, aufführen. Die Kammermusiker sollten es am nächsten Empfangstag beim Herrn Generalintendanten spielen. Dass Fähndrich vom Grafen dazu eingeladen ward, dafür wollte man schon sorgen. Da konnte er dann gleich dem Prinzen Adalbert vorgestellt werden, der beim Intendanten nie fehlte, wenn dort Musik gemacht wurde. Ein Wort vom Prinzen aber beim König – und Fähndrichs Glück war gemacht.

»Er soll ihm aber ums Himmels willen keinen Orden geben«, sagte ich ängstlich, »sonst setzt's ein Unglück!«

Aber hernach: die Arbeit, bis ich den guten Wilibald so weit hatte, dass er an seine ›Weibsleut‹ schrieb, um die Noten kommen zu lassen!

Als es endlich geschehen, sagte er unbehaglich:

»Woisch, ich hab' ah koi Wasch mehnder im Reisesäckle. Un wenn mer ins Herr Königs soll, nord müsst mer doch wenigschtens e frisch's Krägle umbinde.«

Ei bewahr mich der Himmel, er sah allerdings schon äußerst betrüblich aus, unser verehrter Hinterwäldler. Und ein frischer Hemdenkragen genügte da allein noch nicht.

Ich schrieb also sofort an die beiden Bärbels, sie möchten das Beste von seinen Sachen zusammensuchen und es schleunigst herschicken, es gelte das Lebensglück unsers gemeinsamen Freundes.

Die Noten kamen an, und das Quartett gefiel dem Herrn Kapellmeister ungemein. Eine stürmische Auseinandersetzung gab's aber zwischen Fähndrich und mir, als der heimlich von mir bestellte Korb mit seinen Staatssachen eintraf.

Stein und Bein schwor er, dass ihn keine zehn Pferde in den Leibrock (es war noch der väterliche) hineinbrächten. Lieber verzichte er auf alles, alles, alles.

»Himmel, aber in dem alten Kittel, da kannst du dich doch vor dem Prinzen nicht zeigen!«

»Bleibsch mir schon mit dei'm Prinz vom Leib. Du bisch iwwerhaupt derjenigte, wo mir der ganze Aufenthalt verhunzt hat.«

»Ich –?!«

»Ja, du! Guck doch net so verschrocke! Verleimt hasch mich.«

»Verleimt?«

»Verläumd't sag' ich, sperr deine Ohre auf. Und d' Auge. Da hasch. Jetzt les, wenn d' lese kannsch.«

Mit zitternder Hand hatte er einen zerknitterten Briefbogen aus der Tasche geholt. Ich nahm das Schreiben und überflog es. Es stammte von der Bärbel. Von der jungen; denn die alte hatte ja nicht schreiben gelernt. Es lautete ungefähr:

»Lieber Herr Fähndrich,

Jetzt Sind sie also fort in der Stadt bei die fremden Damen vom Tiater und die Mutter sagt da thäten sie gleich bleiwen und sich wohl gar verheuraten weil das sie Sich doch gleich den Leiprock und die neuchen Hempter und die Strümpfer und die Sacktüchel haben schicken lassen. Und der Herr wo im Sommer da war sagt es ja auch das dass nun ihnen ihr Lebensglück sein thät. Ach lieber Herr Fähndrich dass thut mir sehr leid. Ich ziege am Nächschten erschten ins Herr Lembkes in Badeweiler für Kinder und für Alles weil das ich Kinder mir schon lang wünschen thu. Wenns einmal ins Herr Fähndrichs Kinder geben thut dann bitte ich sie, Lieber Herr Fähndrich, dass sie Mich nicht ganz vergessen. Ich danke ihnen Vielmals für alles. Auch für meine Mutter, die grüßt sehr. Ich bin und bleibe ihre liebe
Bärbel.
Wenn Menschen auseinandergehn, dann sagen sie auf Wiedersehn!«

Ich wollte hell auflachen über Bärbels herrliche Orthographie und ihren klassischen Stil, tat's aber nicht, denn mein erschrocken Auge gewahrte etwas Wundersames, höchst Wundersames.

Wilibald Fähndrich, der grobe Hinterwäldler, hatte ein ganz verboten rotes und baumwollenes Taschentuch gezogen, schneuzte sich ein paarmal hintereinander, in langgezogenen, melancholischen Klagetönen, er stand am Fenster, von mir abgewandt, und seine mächtigen Schultern zuckten krampfhaft und ganz absonderlich.

»Menschenskind – heiliger Fähndrich«, rief ich ihn an, »du weinst ja?!«

Ja, das tat er. Bei Gott, dieser große, dicke, widerborstige Urmensch weinte. Und stoßweis brachte er heraus:

»Ich weiß ja, dass es e Schand isch, wenn e Mannsbild flenne tut. Awwer ich kann doch nix dafier. 's packt ei'm halt. Ich hab so – so … so 's Heimweh hab' ich!«

Er tat mir leid. Ich wollte auch wirklich nicht spotten. Ich nickte bloß und sagte: »Mhm. Nach der Bärbel. Schau, schau.«

Darauf erwiderte er eine Weile lang gar nichts. Dann warf er sich aber plötzlich wild und äußerst kriegerisch gestimmt herum und schrie mich an, während er sich die dicken Tränen aus den Augen wischte: »Jawoll, nach der Bärbel. Grad. Mit Fleiß. Glaubsch, die isch mir net dausendmal lieber, als wie deine ahngestrichene Theaterweiwer mit ihre dinne Röckle, die hunne und owe zu kurz sin? Die Bärbel hat e guts Herz for eim, woisch, und des hawwe deine affige Stadtmädcher no lang net. So isch.«

Es war mit ihm nichts zu machen.

»Liebster Freund, aber das kann dich doch nicht abhalten, morgen Abend zum Herrn Generalintendanten einen Frack anzuziehen?« rief ich voller Verzweiflung.

Ich glaube, er wäre mir noch in selbiger Stunde zu seinen Bärbels nach Höhenschwand durchgebrannt, hätte ein glücklicher Zufall nicht den Hofmusikalienhändler zu uns geführt. Unsern vereinten Kräften gelang es, den aufsässigen Lorbeerkandidaten noch einmal zu beschwichtigen. Stöhnend erklärte er sich dann auch endlich bereit, durch den Frack vom Schwager des Hofmusikalienhändlers (einem Stadtrat!) seiner rebellischen Außenseite die für die Hofluft wünschenswerte mildere Fassung zu verleihen.

»O du barmherzigs Herrgöttl«, jammerte er anderntags bei der umständlichen Toilette, »so e Malträtiererei! Bloß weil mer e Quartett g'schriewe hat. Ich schreib moiner Lebtag koins mehr!«

Als ich ihn unterwegs ersuchte, dem Prinzen doch schon ums Himmels willen ein freundlicheres Gesicht zu machen, blickte er mich zornig an und riss an dem engen und hohen Halskragen. Das Blut war ihm in die Schläfen gestiegen, und der Schweiß perlte ihm auf der Stirn.

»Und ich vertrag' halt koine enge Stiffel net!« schrie er mich plötzlich an. »Des isch e Schweinerei isch des!«

»Alterchen, wenn du Seine Hoheit so grimmig anguckst ... Bedenke, das ist so ein kunstsinniger, opferwilliger, liebenswürdiger Herr.«

»Hat dei Prinz Hihnerauge oder hat er koine?«

»Bscht! Stille doch!«

Wir waren soeben am Haustor angelangt. Ein kleiner Kreis Neugieriger – ein paar Equipagen und der Theaterwagen – ein roter Teppichläufer quer über den Bürgersteig unterm Regendach. Mein Wilibald stolperte und patschte in eine Pfütze. Ein paar Leute lachten.

»Der Wagen Seiner Hoheit!« flüsterte ein Lakai ehrfurchtsvoll.

Ich zog Fähndrich, dessen linkes Hosenbein bis zum Knie hinauf bespritzt war, in die Portiersloge.

»Hören Sie, meine Beste«, sagte ich eilig zu der jungen Frau, die mir entgegentrat, »haben Sie vielleicht aus Versehen eine Bürste und ein Handtuch parat?«

Fähndrich war trotzig in der Tür stehen geblieben. Plötzlich hellte sich sein Gesicht auf.

»Ha, wie isch mir denn«, sagte er mit fast zitternder Stimme, »isch denn dees net die Burgele?«

Die junge Frau starrte nach der Tür. »Jesses noi – der Fähndrich! Ha – awwer so ebbes!«

Bloß die paar nichtssagenden Worte in seinem heimatlichen Dialekt – und diese Wirkung!

Der große grobe Musikant nahm seinen Zylinder (vielmehr den des Stadtrats), schleuderte ihn aufs Kanapee in der Ecke, patschte sich aufs Knie und juchzte (ich glaubte zuerst, er wäre irrsinnig geworden und wollte einen Schuhplattler tanzen, gerade während Seine Hoheit passierte) und hatte im Nu die junge Frau bei beiden Händen erfasst und drehte sie links und drehte sie rechts.

»Kennsch mich noch? Du kennsch mich noch, Burgele? Ha, un bisch am End dahier verheurat?«

»Ha freili. Mei Männle isch hier B'schließer ins Herr Grafe. Zu Oschtere kriege mer awwer die Kaschtellahnstell in der Bildergalerie.«

»Hasch Kinner?«

»Fimfe. Die erschte sin Zwilling.«

»Au fein. Wo sin se? Zeig se.«

»Ha, sag doch bloß, wie kommsch dann jetz du daher?«

»Ich soll ins Herr Intendants.«

»Hasch was abz'gewwe? Du, der Prinz isch jetz da, da kannsch net nauf.«

Ich trennte sie endlich. »Aber bitte, bitte, bitte, beste Frau«, sagte ich gereizt, »der Herr Fähndrich *muss* hinauf, wir müssen beide hinauf!«

»Ha, so geh doch, so geh du doch! – Des isch die Burgele, verstehsch, die Bas von der Bärbel aus Höcheschwand, verstehsch!«

Die junge Frau fragte: »Ha, verzähl doch, was treibt se? Isch se im Dienscht? So e arms Dingle, so e arms. Koi Vatter net z'hawwe un muhß sich so durch d' Welt rumdricke ...«

Sofort schwamm der »Hinterwäldler« wieder in Rührung. Und die schwatzten, schwatzten … Übers Dorf, über die Bärbel, über die Heuernte, wieder über die Bärbel, über den Pfarrer, die Ziegen, und dann nochmal über die Bärbel ...

Es war kein Ende abzusehen. Als ich dringlicher ward, schnauzte er mich an: »Wenn d' ei'm net alsfort störe tätsch, nord wäre mer scho lang fertig!«

Was blieb mir übrig? Ich ging.

Oben drückte ich mich nervös und verlegen herum. Es war sehr hell, sehr steif, sehr feierlich. Die Bekannten fragten mich alle beunruhigt nach Fähndrich.

In der Nähe des Flügels saß Seine Hoheit. Es sang jetzt eine Altistin von mächtigem Umfang und ebensolcher Tiefe.

Mir ward so bang, so bang, so bang.

Da bemerkte ich den Kapellmeister. Ich ging hastig auf ihn zu – denn soeben brachten Lakaien die Doppelpulte, und die Kammermusiker traten ein, sich tief vor dem Prinzen verneigend.

»Fähndrich sitzt unten in der Portiersloge«, zischelte ich ihm zu, »hat schmutzige Stiefel und ist nicht zu bewegen herauszukommen.«

Er erbleichte. »Wa–wa–wa–was?!« Im Nu war er draußen.

Es war ein Bild nicht gerade stillen, aber unbedingt traulichen Familienglücks, das sich vor unsern Augen entrollte, als wir durch die leere Portiersloge in die Wohnung der jungen Schwarzwälderin eintraten.

Wilibald Fähndrich hatte sich des ihn beengenden Fracks vom Stadtrat und des hohen Kragens entledigt – auf allen vieren kroch er unter den drei Ältesten des zukünftigen Bildergaleriekastellans herum, die ängstlich schrien oder vergnügt jauchzten. Es war ein primitives, indes ganz lustiges Spiel, das er sich da ausgedacht hatte. Er sah sich nämlich mit funkelnden Augen in der kleinen Schar um, wie ein Bär vorwärtstappend, und brummte in möglichst tiefem Tone: »Rollerollerolleroll, Eisbär hole, Zähn ausreiße, rollerollerolleroll!« Plötzlich packte er dann eins der Kinder, das laut aufkreischte, und kitzelte es mit seinem schlecht rasierten Kinn am Hals oder im Nacken.

»Fähndrich, sei doch kein Kindskopf«, flehte ich ihn an, »oben spielen sie dein Quartett – der Prinz will dich kennenlernen!«

»Heiliger Dunnerschlag, eier Quartett des hängt mer jetz awwer schon zum Hals naus! Rollerollerolleroll ...« Er hielt plötzlich inne und stürzte auf einen Stiefelzieher los, den er in der Ecke entdeckt hatte. »Un die verdammte Stiffel misse runner, Schwereklachel noch emol ...«

»Fähndrich, auf der Stelle ziehst du die Stiefel wieder an!« schrie ich verzweifelt.

»Noi, grad net, erscht recht net!« Und auf Strümpfen herumtanzend begann er wieder sein Spiel mit den Kindern.

Wir zankten, baten, schimpften, flehten, schworen, beschworen ...

»Lieber Herr Fähndrich«, sagte der Hofkapellmeister endlich wachsweich und erschöpft, »der Graf hat sich nämlich darauf verlassen – ich habe ihm zugesagt, Sie würden vielleicht selbst etwas spielen!«

»Deine neue Ballade, Alterchen!« warf ich ein.

»Oder die Ciaconna. Was Sie wollen.«

»Nix, nix, nix, nix!« schrie er und trampelte auf Strümpfen durch die Stube. »Burgele, geb mer bloß was zu trinke, sonscht riehrt mich der Schlag un ich krieg die Kränk. So e Hoimtück, so e miserabligte. Spiele. Ja, Kuche.«

»Du – so nimm doch Vernunft an. Da ist deine Bratsche – ich hab' sie mit herkommen lassen ... Alterchen, liebster bester Freund, du kannst vielleicht Hoforganist werden, Kammermusiker, denk doch an deine Zukunft ...«

»Will ich denn was von oich? Von dir? Von Ihne? Hö? Den Buckel kennt ihr mir lang rutsche mit eierem Hoforganischt! Alle miteinander!«

Nun wandte sich der Hofkapellmeister mit einem kurzen Achselzucken um und ging.

»Und du – kannsch folge. Mei Ruh will ich hawwe. Un wenn jetz nix mehr helfe tut, nord werd ich grob. Verstehsch mich?«

Misszuverstehen gab's da nichts mehr. Ich ging also gleichfalls.

Oben war sehr viel Stimmung vorhanden. Das Scherzo hatte wiederholt werden müssen, sagte man mir. Der letzte Satz mit seiner urwüchsigen Ausgelassenheit brachte die sonst so steife Gesellschaft nun vollends aus dem Häuschen.

Man applaudierte lebhaft – der Prinz gab selbst das Zeichen dazu – und alle Köpfe wandten sich fragend mir zu.

Und gnädig lächelnd winkte der Intendant.

Aber wie er auch winkte mit dem Finger: Ich konnte ihm den Komponisten weder tot noch lebendig zur Stelle schaffen.

Der Hofkapellmeister trat leicht geneigt näher.

Während des Gesprächs ward das Antlitz des Grafen immer eisiger.

Ein paar Herren umringten mich, fragten mich aufgeregt, verwundert … Ich verstand kein Wort … Ich sah im Geist nur immer noch den wackeren Wilibald kragenlos und auf Strümpfen unten in der Kinderstube bei Portiers herumtoben und »Rollerollerolleroll!« spielen …

Um zehn Uhr, früher als sonst, war der Empfang zu Ende.

Im »Krokodil« begrüßte man mich mit einem hastigen: »Nun, wie steht's?«

Da berichtete ich denn der Wahrheit gemäß.

Der Hofmusikalienhändler bekam sofort Leibschmerzen und musste einen Grog trinken.

Und anderntags schwirrte ein Gerücht durch die Residenz, das erst ungläubig aufgenommen, dann kichernd weiterkolportiert ward.

Der »grobe Hinterwäldler«, der es verschmäht hatte, oben vor dem Hof und dem Herrn Intendanten zu erscheinen, um Lob, Dank und die Zusage fürstlicher Protektion entgegenzunehmen, hatte unten in der Portiersloge, nachdem die Kinder der Burgele zu Bett gebracht waren, ein Solokonzert veranstaltet. Ja – hatte die Bratsche an die Backe genommen und sich alles vom Herzen heruntergespielt, was ihn bei der Erinnerung an die Bärbel, an seine Heimat und den Waldfrieden im Gebirge bewegte.

Als ich in jener Nacht nach allerlei aufgeregten Debatten mit dem Hofmusikalienhändler und dem Kapellmeister nach Hause kam, war mein Freund Fähndrich unter Zurücklassung des stadträtlichen Fracks und der übrigen festlichen Ausrüstungsstücke verduftet.

Die Bratsche, die Noten, die berüchtigte Reisetasche, sowie »den Leiprock, die Strümpfer, die neuchen Hempter und die Sacktüchel« hatte er mitgenommen.

Blieb nichts von ihm in der Residenz zurück als das Quartett – und eine gemischte Erinnerung.

Ich trat gleich von der Residenz aus meine erste Redakteursstelle an und machte das Jahr darauf die Reise um die Welt. An die Stätte von Fähndrichs erstem Debüt bin ich nicht mehr zurückgekehrt.

Aber gelegentlich erfuhr ich, dass das Quartett zum eisernen Bestand der Kammermusikabende dort gehörte. Von einem neuen Werk jedoch verlautete nichts. Er schrieb ja nie etwas auf.

Im vorigen Sommer hab' ich Fähndrich wiedergesehen. Nach über zehnjähriger Trennung.

Er war ganz der alte. Gleich als ich ins Dorf kam, hört' ich ihn spielen, ich blieb stehen und lauschte wie damals. Ein Stück, das ich noch nicht kannte.

»Fähndrich, altes Haus, lebst du noch?«

Er tat, als hätten wir uns erst gestern, und zwar in bester Freundschaft verlassen.

»Du, was moinsch, ob mer da jetzt in Dur odder in Moll schließe müsst? Ich denk als: in Dur. Net? Des klingt sonsct so wehleidig. Geb emol Achtung.«

Seine Augen waren noch dieselben jungen, hellen und frohen. Ein bissel behäbiger war er sonst im ganzen geworden. Er spielte das Stück noch einmal. Eine Romanze. Ein schwungvolles, leidenschaftlich sich steigerndes Stück. Und *wie* er's spielte. Sein Ton klang noch inniger, erschien mir auch größer und noch markiger als damals.

»Mensch – Mensch!« sagt' ich bloß, als er geendet.

»Du, willsch moine zwoi Buwe sehe?« fragte er rasch ablenkend.

Natürlich wollt' ich. »So, du bist also verheiratet?«

»Ha freilich.«

»Mit der Bärbel?«

Er lachte. »Erscht noch. Mit wem sonscht?«

Sie erkannte mich auch gleich wieder. Hübsch war sie ja noch – sie hatte es in den Augen. Und die beiden Menschen sahen einander mit solch einer Wärme, solch einer stillen Glückseligkeit an ... Ich musste mit ihnen Wein trinken, vespern, die Jungens bewundern. Sie zählten achteinhalb und sechs Jahre und spielten natürlich schon ganz flott Geige.

Als ich weiterzog, winkten sie mir alle vier von Tür und Fenster aus noch so lange fröhlich nach, bis ich den Wald erreicht hatte.

Wundervoller Abendfriede lag über der Landschaft. Hinter Höhenschwand war die Sonne hinabgesunken. Ein Dorfkirchenglöcklein läutete den englischen Gruß.

Ich setzte mich ins Moos und dachte über meine zehn unruhvollen Lehr- und Wanderjahre nach, den heißen Ehrgeiz, der mich oft durch rauhe Lebensstürme hindurchgepeitscht hatte.

Währenddem war Wilibald Fähndrich hier Tag für Tag still zufrieden seiner Kunst nachgegangen, ohne sich um Teufel, Welt und Leben zu kümmern.

Unfern, am Waldrand, hört' ich Bratsche spielen. Das Stück von vorhin.

Fähndrich war's natürlich.

Es klang hier draußen gar nicht mehr kraus und wild. So rührend klang's, so feierlich, so abgeklärt. Er spielte nur für sich. Ganz allein für sich. Aber als ob er ein Parterre von Großen der Welt vor sich hätte.

Als es dunkel ward, zog er wieder heim, eins seiner Motive leise vor sich hinträllernd.

Der Pfarrer hatte einmal geäußert: Entweder sei der Fähndrich ein ganz hirnverbrannter Schafskopf – oder er sei ein großer Philosoph.

Ich musste lächeln, als ich zu Tal schreitend daran zurückdachte.

Wie glücklich er war, der närrische Kauz, unentdeckt und unberühmt.

Nein, nein, nein, nein, Herr Pfarrer, ein Dummkopf war er wirklich nicht, der Wilibald Fähndrich! ...

Rudi

Humoreske

Haben Sie eigentlich unsern Rudi, den Karikaturenzeichner, noch als Junggesellen gekannt? Nicht? O, dann muss ich Ihnen erzählen.

Rudi war ganz einfach ein Goldmensch. Der Talentvollste, Ausgelassenste, Gutmütigste von unsrer ganzen Tafelrunde. Aber freilich von einem bodenlosen Leichtsinn, sobald er auch nur einen Fingerhut mehr als seine beiden gewohnheitsmäßigen G'spritzten intus hatte. G'spritzte trank er – denn er war Wiener, das heißt Lärchenfölder.

Und dann immer so gegen drei Uhr, vier Uhr morgens im Café – da überkam ihn eine schier krankhafte Sesshaftigkeit. Und mit seinem kecken Bleistift, dem nichts heilig war, skizzierte er Ihnen auf der Marmorplatte, auf seiner Manschette, in Ihrem Scheckbuch (wenn Sie eins hatten und es ihm unvorsichtigerweise überließen), ja sogar auf der gespannten Kniescheibe Ihres neuen, hellgrauen Beinkleids eins, zwei, drei, die herrlichsten Charakterköpfe. Und von einer ausschweifenden Ähnlichkeit!

Es lag sicherlich stets ein hoher künstlerischer Wert in diesen genialen Autogrammen, aber ihre eigentümliche Plazierung machte sie meistens unverkäuflich.

Und das war Rudis Verhängnis. Denn so kam er nie und nie zu Gelde.

Sein Verleger sorgte wie ein Vater für ihn. Oder wenigstens wie ein Stiefvater. Liebevoll und streng zugleich. Aber doch ohne Zärtlichkeit. Rudi war die Hauptstütze seines Witzblattes, und auf dass er gezwungen sei, einem solideren Lebenswandel zu frönen, der ihn noch recht lange der hehren Kunst erhalte, reduzierte sein väterlicher Gönner ihm sogar häufig das Honorar.

Wir alle hielten dies für eine übermenschliche Aufopferung. Aber Rudi meinte:

»Schaut's, Kinder, ich brauch' ja nit mehr. Für die letzten fünfundzwanzig Täg im Monat, da muss sich der moderne Kulturmensch halt eh ein bissel knapper einrichten, – und wozu seid's denn ihr da, wann nit, dass ich euch das Vertrauen schenk' und pump' euch an.«

Das tat er ja nun allerdings nach Kräften – manchmal über unsre Kraft.

Aber da geschah eines Tages das Furchtbare, Rätselhafte, Gewaltige, das uns von Grund auf erschütterte.

Als uns die Nachricht traf, fuhren wir alle entsetzt empor. Und tagelang hernach noch bildeten wir murrende Gruppen im Café, Unter den Linden und in der Künstlerklause – zweie von uns gründeten eine neue freie Bühne, einer verscholl, ein andrer verstauchte sich den linken Fuß und machte seinen Referendar und ich gab ein Bändchen lyrische Gedichte »Schwertlilien« heraus. So hatte uns jegliche Selbstbeherrschung verlassen. Es war aber auch das Wahnwitzigste, was passieren konnte.

Rudi, unser Goldmensch, hatte sich vor vier Wochen in Krummhübel verlobt und war seit vorgestern rettungslos verheiratet. In Steglitz.

Wie das so schnell gekommen war – er hatte uns doch noch ganz rüstig, leidlich normal und zukunftsfroh verlassen – darüber sickerte erst später etwas durch; und selbst das basierte auf freier Erfindung.

Indessen – dies war das Fazit: Auf Rudi konnte bei uns von Stund an nicht mehr gerechnet werden; denn zuerst ward ihm daheim aus Liebe, dann aus Gewohnheit der Hausschlüssel entzogen.

Der Name seiner Frau lautete, der urkundlichen Vermählungsanzeige nach, Josepha, was mich gegen sie einnahm. Aber ich tat ihr unrecht. Sie konnte reizend sein, wenn sie wollte. Ich hab' sie nämlich kennengelernt.

Auf einer Radelpartie kam ich eines schönen Junimorgens über den Fichteberg von Steglitz bei Berlin – es herrschte schon eine mörderliche Hitze –, da hörte ich plötzlich von einem Kaffeetisch her aus einer schattigen Laube meinen Namen rufen.

Ich springe ab, seh' mich um – und wen erblick' ich?

Nein, Rudi noch nicht. Nur eine allerliebste junge Frau in einem hellen, duftigen Battistkleidchen und einem schutenförmigen Gartenhut, der das denkbar süßeste Gesichtchen umrahmt.

»Grüß dich Gott, alter Bundesbruder!« Das sagt aber natürlich nicht sie, sondern er, und gleichzeitig fliegt ein Skizzenbuch in die Luft, dass die Blätter wie ein Blütenregen auf den üppig wuchernden Grasboden niederflattern, die Gartentür wird aufgerissen, und Rudi liegt an meiner treuen Jünglingsbrust. »Jetzt, bist du ein goldiger Kerl!

Ja, wo kommst denn her? – Du, Schatz, schau doch nur, wer da ist!
– Was, ihr zwei kennts einander noch gar nit? Aber so was! Gehst
gleich her, Schatz, und gibst ihm ein'n Schmatz! Was – willst nit?
Recht hast – gibst lieber mir ein'n! – So, und jetzt setz dich mit uns
zum Kaffee und wir plauschen eins.«

Frau Josepha stimmte, wenn auch nicht ganz so wortreich, doch
äußerst herzlich in die Einladung ein – und, weiß der Himmel, sie
hatte dabei einen so rührenden, lieben, bittenden Ausdruck in den
dunkelblauen Kinderaugen, dass ich nicht widerstehen konnte.

Na, bald saßen wir denn, tranken Kaffee und schwatzten, dann
rauchten wir alle drei, der entsetzlichen Mücken wegen, wie die
Schlote, er zeigte mir ein paar Skizzen und schimpfte auf die Verleger.
Es war recht gemütlich.

»Ja, schaust«, sagte er dann und entwarf hastig auf dem Zigarren-
kistendeckel die Bleistiftskizze einer verschlafenen Büfettmamsell, »ich
wär' ja schon dann und wann gern einmal wieder zu euch in die Stadt
ins Café 'nein'kommen, aber Geld ausgeben – du mein!«

Er sah seine Frau wehmütig an – die ward ein bissel rot.

»Wieso«, wandt' ich ein, »bei solch solidem Lebenswandel – da
musst du doch bald steinreich sein.«

»Stein*reich* nit, aber *stein*reich«, erwiderte er und wies mit seinem
hervorragend ausgebildeten Daumen auf die Backsteinvilla, vor der
wir saßen.

»Hm. Die Villa gehört euch?«

»Ja, die g'hört uns. Das ist aber so ziemlich das einzige.«

Frau Josepha wollte aufstehen, aber er hielt sie zurück.

»Sei g'scheit, Schatz. Da gibt's doch nix zu genieren. – Ja, schaust,
Bundesbruder, was unsereins bar daliegen hat, das verjuxt es eh. Also,
wir kommen auf unsrer Hochzeitsreis' dahier vorbei, das Häusl g'fallt
uns, es kost grad so viel, als mein Schatz von den Alten her hat, und
da also auf der Stelle gekauft und alles berappt bei Heller und Pfennig.«

»Das nenn' ich schneidig!« sagte ich.

»Ja, sagst du. Aber wovon lebt man denn, meinst, wann's man
verheiratet ist?«

»Rudi!« warf Frau Josepha schüchtern bittend ein.

»Wir sind ja schrecklich glücklich miteinander, die Villa ist auch sehr schön, bloß dass wir keine Wasserleitung haben und die Fußböden sind schlecht und im Keller schimmelt alles und man wird wohl das Dach neu decken lassen müssen, und ich möcht' um den Tod nit ohne mein liebes treues Weib das ölende Dasein mehr leben, aber – ja, da hilft nix, wir haben halt nie kein Geld nit – und Schulden, sag' ich dir, da machst dir keinen Begriff. Gestern war ein Wechsel über dreihundert Reichsmark fällig. Der soll heut Abend bezahlt sein, sonst geht er zum Protest. Da ist die Adress von dem Halodri, der ihn jetzt hat: Iwan Krawutschke, Grünau. Ach, und das Geld hat der alte Onkel von meinem Schatz herausgerückt, und das ist ein solcher Erzphilister! Wenn der bloß was von Protest *hört* … Ach Sepperl, pass auf, der enterbt uns jetzt!«

Eine Weile herrschte trübes Schweigen. Frau Josepha wischte verstohlen eine Träne aus den hübschen glänzenden Kinderaugen. Plötzlich begann mein Rudi wieder zu lachen.

»Aber dass wir bei allem Pech noch so ein Glück haben täten, Schatz, – dass ausgerechnet heut gleich in der Früh mein alter Freund und Bundesbruder da bei uns vorbeigeradelt kommen muss …«

Jetzt sprang die junge Frau erschrocken auf und jagte ziemlich unvermittelt davon.

»Halt sie, du, so halt sie doch!« rief mir mein Freund jovial lachend zu. »Und beruhig sie doch schon ums Himmels willen! Gelt, du hilfst uns doch aus? Bloß bis morgen! Wie wir miteinander stehn?! – Schatz! Pepi! Pepita! Pepitschka! So bleib doch! Er pumpt uns ja so viel wir brauchen – er wird uns doch den Malefizkerl, den Krawutschke, nit auf den Hals hetzen.«

Was danach geschah, das war eben nur in Rudis origineller Häuslichkeit denkbar: wir beide hinter ihr drein, durch die Küche, die Badestube, das Schlafzimmer, das Atelier, den Salon, die Treppe hinauf nach dem Boden … Wir lachen, lachen, schwatzen, rufen … Und schließlich tänzeln wir alle drei, fröhlich eingehängt zur Veranda hinunter.

»Also jetzt mal im Ernst, Rudi«, begann ich, »ich hab' nur etwas loses Geld da in der Tasche bei mir. Und dreihundert deutsche Reichsmärker – ob ich die in baribus auf meiner Junggesellenbude daheim habe … Heut ist erst der zwanzigste, und mein guter Alter schickt mir seinen liebevollen Scheck wie üblich und sachgemäß immer zum Monatsersten. Aber sieh mal, ich hab' da neulich deinem Witzblattverleger eine Sammlung kecker kleiner Meisterwerke aus meiner geschätzten Feder zugesandt – ›Lustige Erinnerungen aus der Berliner Bohème‹ – möglich, dass er das eine oder das andre mir abzukaufen gesonnen ist ...«

»Aber sicher! Aber sicher!« schrie Rudi begeistert und führte einen wahren Indianertanz um den Tisch herum auf, trotz der nichtswürdigen Hitze.

»Wieso sicher?«

»Ja, da schau doch her – ich hab' ja den ganzen Schwamm schon hergeschickt gekriegt zum Illustrieren! Also marsch hin und lass dir einen Haufen Zechinen anweisen! – Jetzt, ich hätt' mir's doch gleich denken müssen, dass du der bist, wo das narrische Zeugs g'schrieben hat! *Ex ungue leonem!*«

Ich musste ihnen ein paar komische Stellen vorlesen, Rudis Bleistift war dabei wieder unermüdlich auf meiner weißen Radlermütze tätig – und sie lachten, lachten – bis das Mädchen kam und Geld verlangte, um zu Markte zu gehen. Da ward Frau Josepha rasch wieder ernst.

Das junge Ehepaar schien, nach den Markteinkäufen zu urteilen, verschwindend bescheidene Bedürfnisse zu haben.

Die rührende Szene erinnerte mich an meine Pflicht.

»Also, Rudi«, sagte ich, »ich schwing' mich jetzt gleich aufs Rad – und in längstens zwei Stunden bin ich wieder da.«

Rudi meinte, das könne er mir bei der Bombenhitze nicht zumuten. Da wolle er lieber gleich mit mir mitkommen. Und heidi war er, fröhlich pfeifend, im Haus drin. Frau Josepha, die ihren Rudi zur Genüge kannte, war im Umsehen gleichfalls ausgehbereit, um ihren Schatz und dessen Schätze bis zu Herrn Krawutschke zu begleiten. Rudi protestierte zwar anfangs und stellte ihr vor, das sähe sich jetzt so an, als ob er mich und sie ihn beaufsichtigen wolle.

Der erste Teil des Weges war charmant. Frau Pepi bot unter ihrem rosaseidenen Schirmchen ein ganz allerliebstes Bild. Aber je weiter wir kamen, desto unerträglicher brannte die Sonne auf die breite, weiße, staubige Chaussee. Wir hätten wohl gern alle drei die Straßenbahn, die von Steglitz nach Berlin hineinführt, benutzt, ich konnte das jedoch meines Zweirads wegen nicht, und trennen wollte sich das Ehepaar von mir auf keinen Fall. Endlich sagte Rudi:

»Wissts was – jetzt setzt ihr zwei euch wenigstens in den nächsten Tram. Ich hab' nämlich früher einmal selbst zwei Radelstunden g'habt und will doch einmal versuchen ...«

Richtig entwand er mir das Rad. Sepperl und ich mussten von links und rechts Lenkstange und Sattel festhalten, wir liefen nebenher, immer schneller, immer schneller – bis Rudi die Pedale verlor, zu zappeln und zu schreien anfing – und pardauz nach meiner Seite zu übers Rad kippte und in malerischer Pose Mutter Erde liebkoste.

Der letzte Teil dieses für Rudi unbedingt instruktiven Dauerlaufs hatte die liebe Jugend von Friedenau angezogen. Wir dampften alle. Zum Glück kam da eine Droschke an.

Wir ließen uns, patschnass von der Strapaze, auf die glühend heißen Polster sinken – das Rad kam auf den Bock – und in langsamem Hoppeldikrah trottete das altersschwache Gespann durch Schöneberg und die Westvorstadt Berlins der Potsdamer Brücke und dem Leipziger Platz zu.

»So, Kinder, hier ist ein schönes, kühles Weinrestaurant«, sagte ich. »Rudi, nein, keine Einwände, ich bitte mir aus, dass ihr meine Gäste seid!«

Schließlich nahmen sie an. Die Verlagshandlung befand sich ganz in der Nähe. Frau Josepha sollte in unsrer Abwesenheit ein hübsches kleines Dejeuner nach ihrem persönlichen Geschmack komponieren, und während Rudi von seinem koketten Promenadenröcklein die Spuren der Radfahrlektion auf der Steglitzer Chaussee entfernen ließ, sprang ich in das benachbarte Blumengeschäft. Es gab da im Schaufenster zwei wunderbare Orchideen, die mit Frau Pepis Bluse himmlisch harmonieren mussten. Erst sollten sie ja acht Mark kosten, aber schließlich kriegt' ich sie für sieben. Das war mein Glück, denn ich fand überhaupt bloß sieben fünfzig in meinem Täschchen. Das junge Ehepaar war von meiner Aufmerksamkeit wahrhaft gerührt. Wir suchten ein hübsches Eckchen aus, und Sepperl blickte mit ihren glänzenden neugierigen Kinderaugen in naiver Freude in das Gewühl der heißen, sonnenweißen, lärmenden Potsdamer Straße.

Unterwegs gab mir Rudi noch ein paar Winke, wie ich den »Alten« nehmen müsse.

Ich drängte daher jeden Anschein von Hast und Geldgier zurück, als ich in das Büro eintrat und mit einem höflich kühlen, diplomatischen Lächeln bat, mich dem Herrn Kommissionsrat zu melden.

Aber dieser Mann war mehr Menschenkenner als Rudi dachte, und es gelang ihm beinahe mühelos, mir pro Zeile einen Sechser abzuhandeln. Dafür entschädigte er mich freilich mit einer Zigarette und seinem väterlichen Wohlwollen – aber als der Kassierer mir die Quittung vorlegte, lautete sie bloß auf zweihundertneunundneunzig Mark fünfzig Pfennig. Zähneknirschend holte ich mein letztes Viergroschenstück aus der Tasche, strich die drei blauen Lappen ein und empfahl mich stolz wie ein Spanier, um sie draußen dem tiefgerührten Rudi sofort diskret einzuhändigen.

Der hatte inzwischen im kühlen Hausflur das frappantähnliche Porträt des Kommissionsrats in zwei Auffassungen an der getünchten Wand verewigt: wenn er Vorschuss gibt – und wenn er Vorschuss abschlägt. Die Bilder waren hochkomisch, aber der Portier war ein weder für Humor noch für Kunst empfänglicher Banause. Zur Beschwichtigung musste ich ihm ein Exemplar meiner »Schwertlilien« dedizieren, das ich immer zufällig bei mir führte.

Eilig machten wir uns dann auf den Siegesweg zu Friederich. Ich war der erste mit der frohen Botschaft bei Frau Pepi – denn Rudi war draußen beim Kutscher geblieben, um den Fahrpreis auszulegen.

Das süße Gesichtchen der kleinen Frau klärte sich rasch auf – und bald saßen wir alle drei vergnügt beim Fläschchen. Natürlich Sekt.

Grad kam der märchenhaft schöne Hummer, als ich bei einem zufälligen Blick durchs Fenster noch immer die Droschke Nr. 8247 mitsamt meinem Zweirad draußen in der Prallsonne gewahrte.

»Rudi – was ist's mit dem Manne?« fragte ich.

»Ja, schaust, Bundesbruder«, sagte mein Freund in einiger Verlegenheit, »der arme Teufel hat mir doch richtig nit einmal auf lumpige hundert Mark 'rausgeben können ...«

Mir ahnte Unheimliches. »Rudi, ja, und außer den dreihundert Märkern – hast du nichts bei dir?«

Er zog sein Portemonnaie. »Nein – es ist schamlos, wie sie mich ausgeräubert hab'n. Da schau her: ein blitzblanker österreichischer Gulden, das ist aber ein Heckpfennig, weißt, ich bin ein bissl abergläubisch, und da ein halbes Dutzend Dreipfennigmarken ...«

Meiner hübschen jungen Nachbarin war der Bissen im Hals stecken geblieben, sie sah mich ängstlich an und fuhr gleichfalls hastig in die Tasche. Ihre schöne schlanke Hand förderte ein reizendes kleines Geldbeutelchen von funkelnagelneuem Silberdraht ans Tageslicht: Es lag etwas jungfräulich Weihevolles in seiner Durchsichtigkeit und Klarheit.

Trotz der zweiunddreißig Grad Reaumur im Schatten sank die Stimmung nun sofort beträchtlich unter Null.

»Kinder«, beruhigte ich sie endlich, »ich radle sofort nach dem Frühstück nach Hause und kratze da zusammen, was zu finden ist. Das ist nun Jacke wie Hose.«

Das sahen sie beide ein, und bald war die Flasche geleert. Wir hatten alle drei einen geradezu infernalischen Durst, ja einen Gaumenbrand, gegen den Hölle und Fegfeuer noch ein kühles Mailüfterl genannt werden konnten.

»Schaust, Bundesbruder«, begann Rudi, mehr und mehr wieder auftauend, »du bist uns heut doch grad wie ein lieb's Wunder ins Haus 'reing'schneit. – Sepperl, willst ihm nit auch du sagen? Ich weiß nit, ich bin so gerührt. Ich hab' euch ja beide so lieb – so lieb.« Er schluchzte beinahe. »Ich bin so glücklich! – Weißt, Bundesbruder, und dass d' dich doch auch recht bald verheiraten tätst. Schau doch bloß, wie wir zwei glücklich miteinander sind. Jetzt, regt sich denn da gar nix in deiner verstockten Jungg'sellensöhl? – Was, Leutln, wir trinken doch noch ein zweites Flascherl, hö?«

Natürlich tranken wir noch eins – noch zwei sogar – und schwatzten, lachten – ich musste richtig mit Pepi Brüderschaft machen – und kriegte sogar einen Kuss. Rudi spannte eigens für einen Moment den Sonnenschirm auf, damit man's von der Potsdamer Straße aus nicht sah. Sepperl hatte einen der niedlichsten Sektschwippse, die ich je gesehen.

Da schlug's irgendwo halb vier, und ich musste ans Aufbrechen denken. Die beiden sollten sich selbander in die Droschke setzen und hübsch gemächlich durch den Tiergarten fahren. Ich radelte inzwischen nach meiner Wohnung am Kurfürstendamm, holte mein Geld und wir trafen uns im Café Bauer.

Josepha war es zu grässlich, dass nun doch einer von den schönen blauen Scheinen gewechselt werden musste.

Die Rechnung war wacker, wir ließen uns noch ein paar Havannas bringen, steckten sie an, kargten mit Trinkgeld nicht und erweckten draußen den von der Sonne braungekochten Rosselenker und seinen edlen Vollblüter aus dem tiefen Schlafe.

Und nun feierten wir gerührt Abschied. Auch Pepi war ungemein zärtlich gestimmt. Die patriarchalische Szene lockte Publikum herbei.

»Leb wohl, Bundesbruder«, sagte Rudi, als er schon in der Droschke saß, mit scheinbar brechender Stimme, »gedenke mein – vergiss mein nicht! Wer weiß, wann wir uns wiedersehn?« Er fuhr sich über die Augen und hob den etwas schwankenden Zeigefinger zu den Telefondrähten. »Der da oben weiß!«

Ja – der da oben mochte es wissen, ich vorläufig noch nicht: denn im Augenblick, da ich an der Potsdamer Brücke mein Zweirad bestieg, platzte mit einem lauten Knall der Gummireif, der die ganze Zeit über der glühenden Sonne ausgesetzt gewesen war.

Ich hatte seine Zeit zu verlieren, denn mit Krawutschke war nicht zu spaßen. Also führte ich mein Rad in eine Reparaturwerkstätte und sprang auf den nächsten Omnibus auf, der gen Westen zum Zoologischen Garten fuhr. Gerade kam der Schaffner, um mir ein Billett zu verkaufen, als mir einfiel, dass ich ja kein Geld bei mir hatte.

Es gelang mir, mich für einen hilflosen Provinzialen auszugeben, der eine falsche Richtung eingeschlagen hat, und bestieg hernach den nächsten Taxameter.

Von der Kaiser-Wilhelm-Gedächtniskirche schlug's sechs Uhr, als ich vor meinem Zuhause anlangte.

Nun schnell die drei Treppen empor – unterwegs such' ich nach meiner Entreeschlinge, richtig hab' ich sie vergessen – ich drücke also zweimal hintereinander auf den Knopf der elektrischen Klingel. Es dauert eine Ewigkeit. Niemand kommt, um zu öffnen.

Meine Wirtsleute gingen sonst nie zu dritt aus – entweder blieb die Mutter daheim oder das Töchterpaar – aber nun entsann ich mich, dass sie mir's gestern ja ausdrücklich gesagt hatten: sie feierten den Geburtstag ihres Schwagers, der Bierzapfer im Restaurant Seeschlösschen an der Jannowitzbrücke war.

An der Jannowitzbrücke! Die liegt im äußersten Osten!

Ich stürze wieder hinunter – ganz verzweifelt.

An Iwan den Schrecklichen mag' ich schon gar nicht mehr zu denken.

»Also nach dem Café Bauer!« ruf' ich schicksalsergeben dem Taxameterkutscher zu.

Um dreiviertel sieben halten wir Unter den Linden.

Und nun eine neue nette Überraschung.

Meinem guten Rudi war inzwischen das Warten zu langweilig geworden, er hatte seiner kleinen Frau eine Unmenge Journale heranschleppen lassen, sich selbst aber aus dem Staub gemacht: er brauche Anregung, dürfe sich doch nicht dauernd vom Pulsschlag des Großstadtlebens entfernen ...

Wir warten, warten – draußen hält noch immer mein nicht bezahlter Taxameter. Eine Heidenangst überkommt uns, denn Rudi hat ja unser ganzes Vermögen in der Tasche. Pepi klebt die Zunge am Gaumen – ich lasse Eis kommen, noch mehr Eis – Rudi lässt sich nicht blicken.

»Da – da ist er!« ruft sie plötzlich jubelnd. »Rudi! Rudi!« Wir wurden sogleich der Mittelpunkt des ganzen Cafés. »Aber was hast du denn da?« fuhr sie ängstlich fort, indem sie auf die beiden Pakete deutete, die ihr Herr Gemahl hinter seinem Rücken zu verbergen bemüht war.

Rudi strahlte übers ganze Gesicht. »Ja, ratet's einmal, Kinder, so ratet's doch! Da, Bundesbruder, das ist für dich, – halt, vorsichtig, 's ist zerbrechlich, – und das da ist für dich, Schatz. Und billig, Kinder, billig – da war nämlich eine Versteigerung, da drüben, eine seltene Gelegenheit ...«

Er hatte inzwischen eine reizende kleine französische Nippes von Charpentier und einen spanischen Gobelineinsatz ausgepackt.

»Es ist echt, tatsächlich, ihr könnt's euch auf mein Urteil verlassen!« sagte er etwas schüchterner, da er unsre entsetzten Mienen sah. »Und kost't bloß – hm – zusammen – – man muss eben bedenken, es ist wirklich echt ...«

»Rudi«, stieß die kleine Frau fast zitternd aus, »das ist – von dem Geld – für Krawutschke?!«

»So ist recht, so ist recht. Jetzt kriegt man noch Vorwürf'. So ein schöner Sommertag heut – und wer weiß, wann man wieder einmal

so sorgenfrei und lustig zusammen sein kann – aber jetzt dank' ich!
Ich danke, sag' ich!«

»Bscht, Kinder«, beschwichtigte ich, »ich weiß gottlob noch immer einen Ausweg. Wir fahren jetzt sofort nach dem Seeschlösschen an der Jannowitzbrücke. Der Bierzapfer dort feiert heut seinen Geburtstag ...«

»Der Bierzapfer«, unterbrach mich Rudi gereizt, »das ist für dich also ein Ausweg? Dass der da seinen Geburtstag feiert? Und das nennt sich jetzt Großstadt! Sepperl, ich sag' dir: 's gibt nur aa Kaiserstadt, 's gibt nur aa Wien!«

Ich schwitzte Blut.

Endlich hatte Pepi, die sich der Sicherheit halber den Rest vom zweiten Hundertmarkschein aushändigen ließ, die Rechnung mit dem Zahlkellner gemacht, und wir stiegen in meinen Taxameter ein.

Unterwegs erklärte ich meinen Schlachtplan. Wir würden meine Wirtin mit ihren beiden Töchtern im Seeschlösschen treffen, die musste mir bei dem festlich gestimmten Bierzapfer ein Darlehen von zirka zweihundert Mark bis übermorgen erwirken – und dann noch rasch nach Grünau zu dem fürchterlichen Krawutschke!

Im Seeschlösschen an den Bierzapfer heranzukommen, um ihm zunächst einmal zu seinem Geburtstag zu gratulieren, war vorläufig undenkbar. Der Mann hatte eine Riesenarbeit zu bewältigen. Er machte mir übrigens sofort einen sehr sympathischen Eindruck.

Das ganze Lokal besaß überhaupt etwas ungemein Anheimelndes. Im Garten draußen, der an die Spree grenzte (es war mehr das, was man »möblierter Hof« nennt), tummelten sich Kinder aller Altersstufen – ein großer Volkskindergarten, für den da ein Sommerfest abgehalten wurde. Vier Mann verübten ein Konzert auf Blasinstrumenten. Als Josepha, die sehr »kinderlieb« war, sah, mit welchem Appetit die kleinen Krabben von drei, vier, fünf und sechs Jahren, Jungens und Mädels, ihre bescheidene Butterbrotmahlzeit futterten, rührte sie das tief, und sie sagte in einer gewissen mütterlichen Erregung, sie werde uns das Dejeuner bei Frederich nie vergeben, wenn wir diesen armen Enterbten jetzt nicht auch etwas von unserm Überflusse zukommen ließen. Wir setzten sogleich erschrocken die Biergläser hin – übrigens waren sie schon wieder leer – und Rudi murmelte zerknirscht: Auf ein Paar Mark mehr oder weniger, die wir dem Bierzapfer abpumpten, käm's jetzt ja doch nicht mehr an.

Und ich möchte das reizende Erlebnis, das dem folgte, bei Gott nicht missen.

Pepi gab mir Geld – ich erstand in der Nachbarschaft einen Korb Kirschen und Erdbeeren – und nach Verständigung mit der gemütlichen Leiterin des Kindergartens bekam jedes der blassen Kleinen den unerwarteten Nachtisch vorgesetzt.

Na, der Jubel.

Dann kam Rudi an – strahlend, glückselig. Er hatte im Spielwarenlager an der Jannowitzbrücke sämtliche Fünfzigpfennig-Artikel geplündert.

Natürlich weckte die reichliche Bescherung Sensation unter den übrigen Gästen. Ein Blondkopf zeigte stolz seine Flinte, der seine Trommel, der ein Kaninchen, das hüpfte, die wieder eine Puppe, die Mama sagte, eine Badewanne, eine ganze eingerichtete Küche. Für fünfzig Pfennig; es war uns beiden unfassbar, wie die Leute das für ein solches Spottgeld liefern konnten!

Und nun stellte sich auch noch Pepi ein. Was sie brachte, schien uns über den Rahmen des ursprünglich Beabsichtigten hinauszugehen: für jedes Kind ein paar wollene Strümpfe – und für die Mädchen noch extra je ein halbwollenes Leibchen. Bei der tropischen Hitze lag ja freilich kein akutes Bedürfnis hierzu vor, aber wir sagten nichts, um Josepha nicht zu kränken.

Aus der allgemeinen Bescherung ward ein wahres Volksfest. Man umringte uns, die Mädels knicksten, ein paar wilde Jungen kletterten Rudi und mir auf die Schultern – ein Herr im Zylinder stellte sich als Stadtverordneter vor und versprach uns, über diesen Akt wahrer Humanität an unsre bezüglichen Gemeinden Steglitz und Charlottenburg zu berichten. Das erschien uns fast zu viel. Dazu ein herrlicher Sonnenuntergang, der ganze Westen über Berlin blutrot, Kinderjubel, und ein Leierkasten spielte das Miserere aus dem Trovatore. Es war ergreifend. Aber endlich musste ich doch mit dem Bierzapfer Fühlung nehmen.

Ja, und da denken Sie sich unsern Schreck, als wir erfuhren: der sympathische Herr, der sich hinterm Schankbüfett so aufopferungsvoll betätigte, der war nur der Stellvertreter unsers Geburtstagskindes. Der

Gefeierte selbst machte heute blau; er war mit seinen Verwandten bei seinem Freunde Lehmann zu Gast.

»Wo man Lehmann treffen könne?« fragte ich mit dem Mut der Verzweiflung.

Lehmann sei der Kapitän des Vergnügungsdampfers »Spreenixe«, der zwischen Friedrichshagen-Köpenik und Grünau verkehre.

Grünau! Das an sich so klangvolle Wort entlockte uns im Gedanken an den entsetzlichen Krawutschke Zähneklappern.

Grad war ein Dampfboot dahin fällig, der »Salamander«, – wir eilten, um noch rechtzeitig an Bord zu kommen.

Hundert Kinderhände winkten uns vom Seeschlösschen Grüße nach, als das Boot abstieß, wir sahen die Kinderhelmspitzen und Blechtrompeten im roten Sonnengold blitzen, die Fähnchen und die wollenen Strümpfe wehen, man spielte einen wohlgemeinten Tusch – und der Stadtverordnete, an seinem ergreifend hohen Zylinder kenntlich, brachte ein »Hipp! Hipp! Hurrä!« auf uns aus.

Hernach – auf den mehr und mehr dunkelnden Fluten der Spree dahingleitend – ward es uns aber doch wieder bänglich zumute. Wir näherten uns Grünau und Iwan Krawutschke. Als wir addierten, was wir noch an Bargeld besaßen, ergaben sich bloß siebenundsechzig Mark fünfundachtzig Pfennig.

»Das langt jetzt eh nimmer!« sagte Rudi kummervoll. »Meine einzige Hoffnung ist die: nämlich – der Spielwarenhändler da, der hat mir doch nit recht 'rausgeben können – da hab' ich ein Roteskreuzlos nehmen müssen. Vielleicht, dass da was 'rauskommt ...«

Sepperl begann es plötzlich derart zu frösteln, dass sie die Kajüte aufsuchen musste.

Als wir auf dem sonst ganz leeren Dampfer (denn wer fährt um zehn Uhr abends noch nach Grünau?) an unserem Bestimmungsort landeten, schlug ich vor, dass wir uns in dem Restaurant dicht beim Landungsplatz niederließen, um die Wasserseite im Auge zu behalten, der »Spreenixe« halber.

Es duftete da herrlich nach grünem Aal, jungem Gänsebraten und Gurkensalat.

»Was kann das schlechte Leben nützen«, sagte Rudi schluckend, »treffen wir den verflixten Bierzapfer mit seiner ölendiglichen Spreenix heut nit mehr an – dann geh' ich halt ganz einfach, ehrlich und gradaus, zu dem Herrn Iwan Krawittel oder Pomatschke oder wie er heißt hin und stell' ihm vor, wie das halt so gekommen ist – und er soll doch nit so ein Blutsauger sein, so ein habsüchtiger, – und er wird doch ein Einsehen haben, jetzt, wo wir doch den ganzen Tag uns abraxen, bloß für ihn, damit er doch ja seinen schäbigen Mammon kriegt, der – der – der ungute Kerl der!«

Das Lokal ward leerer und leerer, all die Ausflügler kehrten per Bahn und per Schiff nach Berlin zurück. Die »Spreenixe« zeigte sich aber nicht. Was blieb uns andres übrig, wenn wir Pepi noch munter halten wollten: wir spielten halt einen Skat. Endlich waren wir die einzigen Gäste. Der Wirt, ein jovialer, dicker Urberliner, nahm mit an unserm Tische Platz und spielte mit – den Point einen Sechser. »Bloß damit das Kind 'n Namen hat!« scherzte er in seiner gemütlichen Art.

Aber ich kann Ihnen sagen: so hab' ich noch nie in meinem Leben einen Menschen gewinnen sehen wie den! Zehn Mark in Gold mussten gewechselt werden, dann zwanzig, dann wieder zehn, nochmal zehn ...

Und der Mann freute sich, lachte wie ein Schneekönig, patschte bald mir, bald Rudi aufs Knie und erklärte uns beide für zwei ganz famose Bierhühner.

Plötzlich schlug's Mitternacht. Und da war's uns, als ginge Krawutschkes Geist durch den leeren Saal. Wir fuhren empor und sahen einander mit bleichen Gesichtern an. In vierzehn Minuten ging der letzte Zug nach Berlin zurück.

»Nu sein Se doch keen Frosch!« sagte der Dicke. »Noch eene Runde! Ik muss Sie doch Revanche jeben!«

Nein, Rudi zeigte jetzt Charakter und rechnete sofort mit dem Verführer ab. Aber am Schluss der Addition entrang sich ihm ein gewaltiges Stöhnen: die Zeche konnte er ja grad noch bezahlen – aber wir hatten einundfünfzig Mark dreißig Pfennig Spielschulden bei unserm edlen Gastfreund.

Das fuhr uns in die Knie.

»Jesses, Maria und Joseph!« stammelte Rudi. Er riss plötzlich sein steifes Filzhütchen an sich, stauchte es mit Aplomb auf die Tischplatte und führte einen klatschenden Schlag dagegen, so dass es im Nu deformiert war.

Sepperl flehte den Gastwirt an: »Ach lieber Herr, wenn Sie wüssten – einundfünfzig Mark dreißig Pfennig ...«

»Kinderkens, ik bin doch 'n Jemütsmensch. Sagen wir rund fuffzig.«

»Heiliger Strohsack – fuffzig – die haben wir doch *ah* nit!« rief Rudi verzweifelt. »Daheim schon *eh* nit!«

»Tja, Kinderkens, wenn mich eener mal wat nich berappen kann – verklagen tu ik ja nich gerne – aber denn lass' ik die Onkels det immer abarbeeten.«

»Ab–ar–beeten?« Wir sahen im Geist schon Pepita mit ihren schlanken Händchen Aale erwürgen und Rudi und mich Bierfässer rollen. »Aber Menschenskind«, rief ich außer mir, »wir leben doch nicht mehr in der Zeit der Leibeigenschaft! – Und für einen Skat!«

»Wat sind Sie denn Ihres Zeichens?« fragte mich der Gewaltige.

»Ich? Ja ... hm ... Papa ist Steuerrat in Küstrin. Und mein Freund da ist Maler.«

»Maler? Jut, Männeken, denn malen Se mir und meine Frau.«

»Für fünfzig Mark? Mensch!«

Vom Bahnhof hörten wir das Schnauben und Rollen des in die Halle einfahrenden Zugs.

»Ums Himmels willen – wir müssen fort!« schrie ich und erfasste Pepis Arm.

Der Wirt begleitete uns aufgeregt über die Straße.

»Ik verlass mir also druff, meine Herrschaftens. 'n Pfand brauchen Se mich nich erst zu jeben. Und wenn ik zufrieden bin, denn führ' ik Sie janz Jrünau als Kundschaft zu.«

»Jesses, Jesses«, rief Rudi zähneklappernd, »bloß fort – bloß fort ...«

»Womit denn aber die Billetts bezahlen?« jammerte Sepperl.

»Da – pro Nase sollen Se sojar noch enen Taler bar von mich kriegen«, sagte der atemlose Dicke, der seinen Gewinnst noch immer in Händen hielt, »aber denn muss unsre Jertrud, wat die Älteste is, ooch noch mit uff dem Bilde.«

»Einsteigen! Vorwärts! Nich drängeln! He – Sie – zurück da!«

Unter Schreien, Stoßen, Schwitzen, Keuchen eroberten wir noch Plätze in einem überfüllten Coupé.

»Fertig!« hallte es über den Perron.

Der Wirt winkte uns majestätisch, aber wohlwollend zu.

»Und schreiben Se mir jleich morgen früh, damit ik wat Schriftliches habe, denn nu haben Se Handjeld, verstehn Se woll!«

»Ja, wollen S' denn nit wenigstens die G'wogenheit haben«, stöhnte Rudi, »mir zu sagen … Zum Deixel, wie heißen S' denn eigentlich?«

»Als wie ik?« rief der dicke Gastwirt von Grünau. »Iwan Krawutschke! Wie sonst?!«

»Abfahren!« rief da zum Glück der Mann mit der roten Mütze.

Ein Hundeleben

Skizze

Bob, der Groom, hatte zwar nie in seinem jungen Dasein gute Tage gesehen, aber seitdem er im Dienst des Herrn Doktor Lothar Franke stand, des bekannten Physiologen, der seinerzeit in England die große Bewegung gegen die Vivisektion hervorgerufen hatte, führte er ein wahres Hundeleben.

Der Hausherr persönlich benutzte den Groom ja nur als Laufburschen, Gepäckträger, Türaufmacher, Adressenschreiber und Stiefelputzer, als ständige Rohrpost zwischen der Druckerei und seiner Studierstube und als Sprachrohr von der Redaktion nach Hause, und dafür war Bob mit sechs Mark pro Monat, freier Wohnung, Bekleidung, Beköstigung und Beheizung gewiss reichlich bezahlt. Was jedoch Bobs Dienstverhältnis im Frankeschen Hause geradezu unerträglich machte, das war das Vorhandensein mehrerer höchst intriganter Nebenregierungen. Da war es zunächst die dicke Köchin, die selbst so krankhaft ungern sich Bewegung machte, der es aber durchaus keine Gewissensbisse verursachte, den Groom fünf-, sechsmal hintereinander zur Markthalle oder in die Butterhandlung zu jagen, immer wieder, immer wieder, um der demütigendsten Kleinigkeiten halber, – dann das Stubenmädchen, das ihm den diskreten Auftrag erteilte, schleunigst die vergessenen Hemdkragen des Herrn Doktor zur Plättanstalt zu tragen und mit der atemlosen Lüge heimzustürzen, es habe im Wäschekeller geraucht und die Ablieferung verzögere sich daher leider um ein paar Tage. Sogar der Redaktionssekretär von Frankes Fachzeitschrift »Das Tier« verwandte ihn auf dem Zweirad als reitenden Feldjäger für seine Rosapapier-Korrespondenz mit Fräulein Flora, und zugleich als Privatdetektiv mit den abenteuerlichsten und zeitraubendsten Aufträgen zur heimlichen Beobachtung eben dieser jungen Dame.

Tyrannei oben und unten, bei Tag und Nacht.

Am empfindlichsten aber litt Bob unter der Behandlung, die er von Frau Mary selbst erfuhr.

Frau Mary war sehr jung, sehr blond, sehr reich, sehr schön, jedoch gleichzeitig – Bob als guter Deutscher fühlte das instinktiv heraus – sehr englisch.

Letzteres hatte sich schon damals recht charakteristisch geäußert, als sie Herrn Doktor Franke ihren Heiratsantrag machte.

Jawohl, *sie* hatte ihn gemacht; ganz einfach auf ein Quartbillett mit ihren großen, steifen, lieblosen, arroganten Buchstaben geschrieben:

»Dear Mr. Franke,
Ich habe sie gehören gesprochen gestern in das Seance. Ich bin mit alles einverstanden. Man soll nicht essen tierischen Leichenteilen und nicht quälen und secieren lebende Hünde und anderen Tieren für den Spaß oder der Wissenschaft. Kommen sie zu Mir, Ich will sie lernen kennen, sie gefallen Mir sehr, o sehr.
Mary Antenbringue.«

Anderntags war unser dear Mr. Franke unwiderruflich verlobt und drei Wochen darauf verheiratet. Selbstverständlich kam er unter den Pantoffel. Und Mary, die geborene Antenbringue, lebte – wie die meisten Engländerinnen – nicht auf kleinem Fuße.

Lothar Franke hätte die Tyrannei seiner jungen Frau allenfalls noch willig ertragen – denn seltsamerweise liebte er diese kühle Blonde –, aber auch er litt, ähnlich wie Bob, der Groom, Folterqualen unter einer noch tyrannischeren Nebenregierung.

Den Oberbefehl im Hause führte nämlich im Grunde kein andrer als Berry.

Wer Berry war, brauche ich wohl nicht erst umständlich auseinanderzusetzen. Berry hieß eigentlich »*the prince*«, leitete seinen Stammbaum auf die einzige, verbürgt rein erhaltene Adelslinie der König-Karls-Rasse zurück und war schon auf vier internationalen Hundeausstellungen preisgekrönt worden.

Doktor Franke war nicht nur mit der schönen blonden Mary verlobt und verheiratet, sondern auch mit Berry, dem preisgekrönten König-Karls-Hündchen der geb. Antenbringue. »*The prince*« machte die Hochzeitsreise mit, sein Wohlergehen lag der jungen Mistress mehr am Herzen als das des unglücklichen dear Franke, kurz, dieser freche, verwöhnte, faule, schlappohrige Hundelümmel mit dem hämischen

Affengesicht und den scheinheiligen braunen Augen brutalisierte das Haus und die Ehe des berühmten Mannes in verdammenswertester Weise.

Bob hasste ihn, aber nach Sklavenart trug er seinen Groll versteckt im Busen. Er hatte nur die eine Genugtuung, dass auch der Redaktionssekretär und die Köchin, das Stubenmädchen und sogar sein leiblicher Brotherr gegen die Übermacht dieses infamen Köters nichts auszurichten vermochten. Die eigentlichen Triebfedern des Hasses, der sich in dem verdorbenen Gemüte des Grooms entwickelte, waren zunächst in dem Parvenutum des Proletarierkindes dem Abkömmling eines erlauchten Geschlechts gegenüber zu suchen, dann aber auch in einem ganz plumpen, ordinären Brotneid.

»*The prince*« bekam nämlich seine Mahlzeiten von Frau Marys schöngepflegter weißer Hand dargereicht – und es waren nicht die schlechtesten Bissen –, er erhielt die beste körperliche Pflege, trug eine schmucke rote Decke mit goldgesticktem Monogramm und schlief auf der Chaiselongue in Frau Marys molligem Boudoir. Bob dagegen musste abends auf den kalten, zugigen Hängeboden kriechen; die Livree, die ihm geliefert ward, bestand aus einem die Lachlust des ganzen Stadtviertels erregenden langschößigen, von oben bis unten zugeknöpften Wertherrock, und das Essen, das ihm die Köchin zukommen ließ, war durchaus nicht mit Liebe gekocht. Es kam hinzu, dass Bob überhaupt nicht unter die überzeugten Anhänger des Vegetarismus zu rechnen war.

Bob hätte dieses Köters wegen, den er als den Urquell aller Trübsal in seinem jungen Dasein ansehen musste, schon längst seinen Dienst bei Doktor Franke gekündigt, wenn nicht der fürstliche Lohn, den er bezog, ihn immer wieder gehalten hätte; denn in seiner vorigen Stellung hatte er in bar gar nichts erhalten, dafür lediglich Familienanschluss, woraus er sich aber bei den ganz eignen Auffassungen seines Brotherrn von Familiarität nicht allzu viel machte.

Neulich war er Frau Marys König-Karls-Hündchen auf die linke Hinterpfote getreten – unabsichtlich, wahrhaftigen Gott –, und seit der Zeit ging es Bob besonders miserabel. Das scheinheilige Beest rekelte sich den lieben langen Tag auf dem seidenen Kissen im Boudoir der Hausfrau herum und ließ sich von aller Welt bedauern, hätscheln und verwöhnen. Kam Bob ins Zimmer, so warf ihm der Köter einen gehässigen Blick zu, bellte wohl auch, was er sonst nur selten tat, und dann sagte Frau Mary:

»Siehst du, du bist eine schlechte Mensch, Bob. Wer Tieren quält, der ist auch fähig zu eine jede andre Verbrechen.«

Und es ist wahr, es gab eine Stelle in Bobs Brust, an der das Wort Berry nichts als einen hohlen Klang hervorrief. Er war kalt und gefühllos geworden, und er fand sich innerlich sogar damit ab, dass ihn die schöne Frau Mary für einen Zuchthauskandidaten hielt. So brachte ihn der Hass auf Marys »the prince« von Stufe zu Stufe abwärts.

Nun fand Ende Februar das große Fest der Physiologischen Vereinigung statt, und Bob sollte zur Strafe für all seine Bosheiten und Vernachlässigungen als einziger zu Hause bleiben. Die Köchin und das Stubenmädchen hatten von Frau Mary Galeriebillette bekommen, um dem vegetarischen Bankett und dem Ball zuzusehen und die Vorträge der Hundezuchtvereinskünstler auf der Bühne zu hören. Frau Mary erhoffte davon einen veredelnden Einfluss, besonders auf das durch Taubenhinschlachten und Krebsesieden auf früheren Dienststellen verrohte Gemüt der Köchin.

Bob war stumpf genug, keinen Neid im Herzen zu hegen, trotzdem ihm bekannt war, dass der »Prolog«, den Doktor Franke auf der Bühne sprechen würde, aus dessen leiblicher hoher Feder stammte. Doktor Franke hatte den ehrenvollen Auftrag zu dieser Dichtung auf den ausdrücklichen Wunsch seiner Gattin übernommen, und da *er* kein gelernter Dichter war, schien ihm die Sache schwer genug gefallen zu sein. Übrigens konnte Bob den Prolog selbst schon fast auswendig, denn an die zwanzigmal hatte er die verzwickte Dichtung seinem Brotherrn, der furchtbares Lampenfieber hatte, heimlich abhören müssen – auf den abgelegensten Orten –, bloß damit Frau Mary, die ihren Gatten noch immer, trotz vierjähriger Ehe, für ein Genie hielt, nichts davon merkte.

Natürlich gab Frau Mary dem Groom die ernstesten Verhaltungsmaßregeln, bevor sie sich von Berry trennte und »the prince« der Obhut Bobs anvertraute. Bob stand mit einem ironischen Lächeln da, das zu seiner Stumpfnase und den an sich gutmütigen braunen Augen nicht recht passte. Er schnitt die Grimasse bloß, um Berry, der sich wieder faul, arrogant und hämisch auf der Chaiselongue wälzte, zu ärgern.

Dann ward's still in der Wohnung. Bob kam sich doch recht verlassen vor. Wenn er hustete – den abscheulichen Husten hatte er sich neulich nachts geholt, als er Berrys wegen, der sich überfressen hatte, aus dem Bett geklingelt und zum Tierdoktor gejagt worden war –, dann rief das ein schauerliches Echo in den menschenleeren Räumen wach. Er war froh, als endlich die von Frau Mary festgesetzte Stunde da war, die den letzten Dienst für heute von ihm heischte: dem Köter die Abendmilch zu bringen.

Aber da ereilte ihn das Verhängnis.

Kaum hatte Bob das Boudoir von Frau Mary betreten, als auch schon »the prince« ganz unvermittelt mit einem giftigen Gekreisch auf ihn losfuhr und ihn in die Wade biss, oder wenigstens in jene Gegend, in der bei besser genährten Individuen Waden vorhanden zu sein pflegen.

Man wird mir zugeben, dass es unbillig gewesen wäre, in diesem Augenblick noch eine absolut demutsvolle Unterwerfung Bobs unter die besonderen Launen und Neigungen seines langjährigen Peinigers und Widerparts zu verlangen. Gleichwohl übernehme ich Bobs Verteidigung durchaus nicht, wenn ich bloß referierend feststelle, dass er seiner revoltierenden Sklavennatur nun bis zu einer wahren Berserkerwut die Zügel schießen ließ.

Auf dem Korridor lag eine Polstermöbelpeitsche. Bob kannte sie ganz genau. Hinkend, schimpfend, hustend holte er sie und dann ...

Man erlasse mir eine detaillierte Schilderung. Ich würde es andernfalls nicht mehr wagen, Frau Mary in ihre kühlen, blauen, vorwurfsvollen Augen zu sehen.

Nur so viel: Bob vermöbelte das König-Karls-Hündchen mit besagter Klopfpeitsche ganz gewaltig, ich möchte sagen mit Begeisterung. Und als »the prince« ein mörderliches Gewinsel und Geschrei anstimmte, das seine Schandtat bei den im Souterrain wohnenden Portiersleuten vielleicht hätte verraten können, packte er Frau Marys verwöhnten Mr. Berry, als ob es ein ganz gewöhnliches Hundevieh gewesen wäre, am Fell zwischen den Ohren und sperrte den viermal preisgekrönten Abkömmling aus der einzigen verbürgt rein erhaltenen Adelslinie der König-Karls-Rasse auf den Hängeboden.

Bob hatte in einem wilden Taumel gehandelt. Nun kam eine allgemeine Nervenabspannung über ihn, und er setzte sich in Frau Marys Boudoir hin und heulte, dass ihm die Tränen wie zwei Bächlein über die mageren Wangen liefen. Dazwischen hustete er wieder ganz erschrecklich.

Endlich beruhigte er sich ein wenig, und er fing an, seine Wade mit nassen Lappen zu kühlen. Man sah den Stempel der beiden halbkreisförmigen Zahnreihen ganz deutlich in der Haut. Das fachte von neuem seinen Ingrimm an, und da er im Grunde seines Herzens ein krasser Materialist war, so rächte er sich an Berry noch weiter dadurch, dass er ganz einfach die Milch austrank, die von Frau Mary für »*the prince*« bestimmt war.

Einmal im Begriff, sich der Völlerei zu ergeben, reifte dann in ihm ein neuer lasterhafter Plan: Er wollte endlich auch einmal ein Stündchen im warmen Zimmer schlafen, und der Gedanke, dass Berry so lang statt seiner auf dem Hängeboden kampieren musste, erfüllte ihn mit besonderer Genugtuung.

Richtig stieß er Berrys großes seidenes Kissen von der Chaiselongue hinunter, wickelte sich in Frau Marys große Pelzdecke ein und streckte sich aus.

So wenig fühlte sich sein Gewissen durch diese stattliche Reihe von Verbrechen und Versündigungen beschwert, dass er's fertig brachte – von der molligen Wärme ermüdet, von der guten Mahlzeit gesättigt –, sofort fest einzunicken.

Aber das Erwachen war böse. Ein entsetzliches Klingeln, Pochen, Rufen und Poltern schreckte ihn plötzlich auf, – und ganz aus der Ferne vernahm er das heisere, keuchende, ersterbende Winseln Berrys.

Er schwitzte am ganzen Leib. Als er sich in der Dunkelheit nach der Küche tappte, begann es ihn dann sehr zu frieren. Die Zähne klapperten ihm auseinander in einer Art Schüttelfrost, als er die Tür zum Hängeboden aufstieß. Berry sprang in gewaltigem Bogen heraus, fauchend und winselnd, und tanzte mit eingezogenem Schwanz um Bob herum. Der Groom machte zitternd Licht, dann lief er wieder, begleitet von Frau Marys Schützling, nach vorn.

Nun hörte er die scharfe Stimme der gnädigen Frau, die seinen und den Namen der beiden Mädchen rief. Dazwischen sprach sie englisch auf Mr. Franke ein, der nur ein gedämpftes Brummen von sich gab.

Bob öffnete.

Also – man hatte die Entreeschlinge vergessen. Aber das war nicht die einzige Unannehmlichkeit bei dieser Heimkehr: Weder die Köchin noch das Stubenmädchen war daheim! Sie hatten sich den Prolog ihres Brotgebers wohl überhaupt nicht angehört, denn nähere Nachforschungen in den beiden Kammern ließen den wohlbegründeten Verdacht aufkommen, dass diese beiden entmenschten Wesen auf einem Maskenball weilten!

Das wahrhaft rührende Wiedersehen zwischen Frau Mary und »*the prince*« bildete den einzigen Lichtpunkt in dieser nächtlichen Szene, die Bob nie in seinem Leben so ganz zu begreifen vermochte; denn vor allem wollte es ihm nicht einleuchten, weshalb der sonst so ernste Mr. Franke, der mit schief aufgesetztem Zylinder an der Wand lehnte, fortgesetzt so matt und wehmütig lächelte.

Bob war verschlafen und gab verkehrte Antworten; Mr. Franke lachte darüber hell auf, während Frau Mary, sichtlich erbost, ihn mit Verachtung strafte und ihn schließlich, ganz außer sich, wegschickte.

Auf seinem Hängeboden angelangt, konnte Bob aber keinen Schlaf mehr finden. Es war hier oben so eisig kalt – der Wind blies durch alle Fugen und Ritzen – und ihn marterte die bange Vorstellung, Betty, dieses heimtückische Hundevieh, würde klatschen. Wie der Köter das bewerkstelligen sollte, war ihm ja selbst ein Rätsel, aber im halbwachen Zustand ängstigte ihn fortgesetzt der Gedanke, Frau Mary würde plötzlich, Rechenschaft fordernd, an seinem Lager erscheinen. War es Schicklichkeitsgefühl oder Frostempfindung – Bob stand plötzlich auf, um sich die Hosen anzuziehen.

Der nächste Tag war einer von jenen, von denen man sagt: sie gefallen uns nicht. Die beiden Mädchen erhielten ihre Kündigung, Frau Mary bekam ihre Migräne, der Herr Doktor meldete sich magenkrank und machte Kompressen, und Bob ward erbarmungslos hin und her gehetzt.

Die rastlose Tätigkeit war ihm heute im Grunde ganz sympathisch – machte sie doch das nächtliche Abenteuer mit Berry in seiner Erinnerung verblassen.

Gegen Abend aber umdüsterte sich der Horizont von neuem. Frau Mary ließ ihn ins Studierzimmer des Herrn rufen und nahm ihn in ein scharfes Verhör.

Hustend stand er Rede, ganz blass geworden, weil er jeden Augenblick fürchtete, sich zu verraten.

Ob er Berry zu nahe gekommen sei?

Herzklopfend log Bob: nicht angerührt habe er den Köter.

Ob er ihn auch nicht etwa geküßt habe? forschte Frau Mary weiter.

Geküsst? – Auch Dr. Franke blickte etwas verwirrt auf.

Aber Frau Mary fuhr fort: »O – ich uill dir sagen, Lothar, er hat ihn angesteckt mit seinem Husten! Mit Fleiß!«

Der Tierarzt lachte Frau Mary schlankweg aus, als sie ihm gegenüber diese Ansicht aussprach. Aber für ernst, für sehr ernst hielt er die Erkrankung Berrys allerdings.

Und er behielt recht mit seiner Diagnose, denn noch in derselben Nacht segnete Berry das Zeitliche.

Der Jammer von Frau Mary, die nicht vom Lager ihres Lieblings wich, war ergreifend, so herzbewegend, dass auch Bob von Reue erfasst ward.

Hätte er nicht gefürchtet, auf der Stelle massakriert zu werden, er würde seinen Brotgebern am Ende alles gestanden haben. Denn in seiner tiefen Zerknirschung suchte er vor sich selbst keine Ausflucht mehr; er war überzeugt davon, dass er, kein andrer, an Berrys Tod schuld war. Und nicht etwa eine fahrlässige oder absichtliche Ansteckung lag vor, wie Frau Mary vermutete, nein, er war der Mörder des Hundes!

Berrys Mörder!

Bob vermochte in der folgenden Nacht kein Auge zuzutun. Immerzu ängstigte ihn der Schatten von Frau Marys dahingeschiedenem König-Karls-Hündchen.

Ganz erklärlich, »the prince« war verwöhnt gewesen, sehr verwöhnt, – die brutale Einsperrung auf dem frostigen, schlecht versehenen Hängeboden hatte seine zarte Konstitution nicht vertragen können – es kam hinzu, dass er am gestrigen Abend ungenügend ernährt gewesen war, was ihn besonders widerstandsunfähig gemacht hatte ...

In dieser Nacht steigerte sich Bobs leidenschaftliches Angstgefühl bis zum Fieber. Er phantasierte, hustete, weinte – und morgens vermochte er die Glieder nicht zu rühren, trotzdem die Köchin, der er Feuer im Herd machen sollte, ihm verschiedentlich androhte, sie werde ihm einen Kübel eiskaltes Wasser über den Kopf schütten.

Da Bob heute Morgen einen Brummschädel sein eigen nannte, in dem das Gehirn fieberte, als ob es über zwei glühenden Feuerkesseln, den beiden schweren, großen, hitzigen Augen, gekocht würde, so vermochte ihm der Gedanke an einen derartigen Liebesdienst der Köchin nur ein dankbares Lächeln abzuringen. Die Klopfpeitsche, deren Anwendung man ihm späterhin in Aussicht stellte, schreckte den verstockten Bob vollends nicht.

Auf den Bericht des Stubenmädchens, das seit dem Maskenball etwas weicher gegen Bob gestimmt war, verfügte Frau Mary endlich gegen Mittag, dass Bob für heute liegen bleiben dürfe, verlangte dafür aber von seiner dankbaren Erkenntlichkeit, dass er endlich das ganz infame, alle Wände durchdringende Husten aufgeben solle, das er doch nur simuliere, um aus seinem Drohnendasein nicht gewaltsam aufgerüttelt zu werden.

Bob jedoch war undankbar und benahm sich höchst unzart in der Häufigkeit und Aufdringlichkeit seiner Hustenanfälle. Frau Mary, deren Nerven unter den mit dem Hintritt Berrys verknüpften Erschütterungen stark gelitten hatten, konnte das widerliche Gehabe des tückischen kleinen Burschen schließlich nicht mehr mit anhören, und so ersuchte sie ihren Gatten denn (mit dem sie seit dem missglückten Prolog und dem höchst bedenklichen »Mutantrinken« auf sehr förmlichem Fuße verkehrte) höflich aber dringend, für die Überführung des taktlosen Grooms nach einem Krankenhause Sorge zu tragen.

So ward Bob also drei Tage nach Berrys Beisetzung mittels einer Droschke abgeholt. Er fühlte sich dadurch sehr geehrt, denn es war das erste Mal in seinem Leben, dass er nicht auf dem Bock, sondern im Fond Platz nehmen durfte. Frau Mary aber fand, dass heutzutage mit solchen Leuten denn doch schon gar zu viel Umstände gemacht würden. Sie beruhigte sich erst, als Doktor Lothar ihr die ebenso feige als unwahre Versicherung gab, dass Bob ja gottlob in der Krankenkasse sei.

Lediglich die Furcht, dass durch eine Rückfrage der Oberin seine Notlüge aufgedeckt werden könnte, veranlasste den Herrn Doktor hernach, sich im Krankenhaus einzufinden. Von Haus aus zur Gutmütigkeit veranlagt, ließ sich der vielbeschäftigte Herausgeber der Fachzeitschrift »Das Tier« dann auch herab, nach dem Befinden seines bisherigen Grooms zu fragen.

So sah sich Herr Lothar Franke plötzlich in dem großen, hellen, weißgestrichenen, karbolduftenden Saal mit den zweiunddreißig Kinderbetten, in dem so prätentiös gewimmert, gehustet, geplärrt und phantasiert wurde, als ob es auf der ganzen Welt keine wichtigere Beschäftigung gäbe.

Auch Bob benutzte den ihm bewilligten Urlaub zu solch unfruchtbarer und das Gemeinwohl in keiner Weise fördernder Tätigkeit.

Ein junges Mädchen im Ornat erklärte Herrn Franke, dass sie die Nr. 32 für einen sehr wohl erzogenen Knaben halte; vor allem müsse er sehr »tierlieb« sein, denn seit seiner Einlieferung sage er in seinen Fieberphantasien fortgesetzt Bruchstücke eines Gedichts auf, das in naiver Weise für den Schutz der wehrlosen Vierfüßler gegen schlechte Behandlung einträte. Dabei habe der Arzt festgestellt, dass der kleine Patient erst unlängst von einem Hunde gebissen worden sein müsse.

Der Fall interessierte den berühmten Mann. Er ließ sich Bobs Beinwunde zeigen, und höchst überrascht stellte er aus der Zeichnung der Narben fest, dass die Eindrücke von dem festen Gebiss des entschlafenen König-Karls-Hündchens herrührten. Auch was der Groom in seinem artigen Kommunalschulton hersagte, während seine Hände fiebernd über die Decke tasteten, war ihm nicht unbekannt: Er vernahm einzelne Partien aus seinem eignen Prolog!

Das rührte ihn so, dass er anderntags wiederkam.

Nun war das Fieber zwar ein wenig gesunken, aber der kleine Patient machte doch einen recht erbärmlichen Eindruck. Er erkannte seinen Brotherrn übrigens sofort wieder, und furchtsam faltete er die Hände – zu matt, um etwas zu sagen. Dabei schien er jedoch innerlich mit sich zu ringen, als ob er seinem Besuch ein Geständnis ablegen wolle.

»Der Herr Professor hat verboten, dass Nr. 32 spricht«, hatte die Schwester im Ornat Herrn Franke bei dessen Eintritt gesagt, »denn eine recht garstige neuralgische Komplikation liege vor – dazu der schwere veraltete Lungenkatarrh!« Als Nr. 32 aber fortgesetzt den Namen Berry stammelte und seinen Besuch so hilflos ängstlich anstarrte, konnte sich Marys Gatte doch nicht enthalten, den Groom endlich rund heraus zu fragen, was er mit seinen verworrenen Andeutungen sagen wolle.

»Ach, bitte – ach, bitte, Herr Doktor … ich – ich – der Berry – Sie sind so freundlich zu mir …«

»Nun ja, ja, rede doch nur, Bob, du weißt, dass ich's immer gut mit dir gemeint habe. Was ist's denn mit Berry? Weißt du etwa näheres über – – über …«

»Ich – ich – o Gott, Herr Doktor, ich habe ihn – – habe ihn … ermordet!«

Die Schwester kam herbei. »Ungezogener Junge, willst du gleich still sein! Warte, wenn der Herr Professor kommt, dann geht dir's schlecht!«

»Verzeihen Sie, Schwester«, stammelte Mr. Franke, »der Junge hat mir da – ein Geständnis – ein ganz seltsames Geständnis …«

Die Angst vor dem Professor rang in der keuchenden Brust der Nr. 32 mit der heißen Sehnsucht, eine befreiende Beichte abzulegen. Aber die Sinne des Kleinen verwirrten sich wieder. Er stieß nur zusammenhanglos ein paar Worte heraus wie »Hängeboden« – »gebissen« – »so kalt da droben« – »Berry, Berry«, und immer wieder »Berry« – dann erlosch seine Stimme, Knittelverse aus Herrn Frankes Prolog murmelnd.

Sehr erregt verließ der Dichter dieses Prologs das Krankenhaus. »Ich habe ihn ermordet!« Schrecklich quälten Herrn Franke diese letzten Worte, die er von Nr. 32 vernommen. Er sann und grübelte. War das ein wirkliches Geständnis gewesen – oder hatte man's nur mit Fieberphantasien zu tun?

Doktor Franke war in allen Dingen, die das praktische Leben betrafen, höchst unpraktisch. Diesmal streiften seine gelehrten Betrachtungen über den Kausalnexus zwischen Bobs Hundebiss und dem zugigen Hängeboden einerseits und Berrys Erkrankung und Bobs Schuldbewusstsein andrerseits aber doch annähernd die historische Entwicklung des komplizierten Dramas.

Am folgenden Tage inspizierte er nun selbst, in Frau Marys Abwesenheit, den Hängeboden. Und da kam er allerdings zu der Überzeugung, dass ein wenn auch nur mehrstündiger Aufenthalt in so gesundheitswidrigem Raum für den verwöhnten Abkömmling einer so hochedlen Rasse geradezu verhängnisvoll hätte werden müssen. Traf also seine Vermutung zu, dass Bob, nach feiger Sklavenart die Macht des Stärkeren durch Anwendung roher Körperkraft ausnutzend, das zart organisierte König-Karls-Hündchen in jener verhängnisvollen Nacht auf diesem abscheulichen Hängeboden gefangen gehalten hatte – aus bloßer unedler Wut über einen kleinen Übergriff Berrys –, so war Bob allerdings mit Fug und Recht der Mörder dieses letzten, viermal preisgekrönten Exemplars der einzigen verbürgt rein erhaltenen Adelslinie der König-Karls-Rasse zu nennen!

Franke befand sich in namenloser Aufregung. Er hatte viel unter den Eigenheiten Berrys und den Liebhabereien Marys zu dulden gehabt, aber hier rührte etwas an sein Herz, das über das Persönliche hinaus ging.

Er setzte sich noch an demselben Abend hin und begann eine Artikelserie für seine Zeitschrift über das Thema zu schreiben: »Die Wohnungsfrage unsrer Lieblinge. Ein Mahnruf.«

Das Thema begeisterte ihn so, dass Frau Mary ihn auch den ganzen nächsten Tag nicht zu sehen bekam, denn fast ununterbrochen saß er am Schreibtisch; er gönnte sich kaum Ruhe für den Schlaf und die Mahlzeiten.

In der Dämmerstunde des dritten Tages endlich war das Manuskript fertig, und da er fühlte, dass er sich nach dem entschiedenen Durchfall mit seinem Prolog in den Augen seiner Gattin rehabilitieren müsse, so eilte er spornstreichs in ihr Zimmer, um ihr die ganz in ihrem Geiste gehaltene Artikelserie vorzulesen.

Er traf Mary im Korridor. Sie kam gerade aus dem Krankenhaus, wohin sie die Meldung gerufen hatte, dass Nr. 32 um 6 Uhr 17 Minuten gestorben sei.

»Der Sarg war schon gemacht zu«, fasste die kühle Blonde, die seit einem gewissen Tage in sehr kleidsamer Halbtrauer ging, »so dass ich nicht ihn habe gesehen mehr. Schade! Üißt du, Lothar, dass seine Augen haben gehabt einen großen Ähnlichkeit mit Berry?«

Doktor Franke atmete tief auf. Einesteils war ihm die weichere Stimmung seiner Gattin sympathisch; erleichterte sie ihm doch das Bekenntnis, dass für Bob niemals Einzahlungen in die Krankenkasse gemacht worden seien und man sich also mit Würde in die Notwendigkeit werde schicken müssen, nun auch noch die Begräbniskosten für Nr. 32 aufzubringen. Andernteils aber regte sich in ihm der fanatische Fachmann, den man in seinen heiligsten Gefühlen verletzt hatte. Mary sollte nicht über das Hinscheiden eines solchen jungen Barbaren betrübt sein. Und so berichtete er ihr denn alles – alles.

Lange blieb Mary stumm hierauf. Als sie den in ihr tobenden Sturm dann endlich niedergekämpft hatte, sagte sie nichts als: »O!« – ein »O«, wie es nur Engländerinnen zu sagen verstehen.

Und darauf las Doktor Lothar Franke ihr seine ganze Artikelserie für die Zeitschrift »Das Tier« vor. Der Ausdruck war klassisch, die Darstellung klar und fasslich, der Mahnruf zum Schlusse wirklich ans Herz rührend.

Auch jetzt hatte Mary kein andres Wort als ihr etwas dunkel gefärbtes: »O!«

Aber wie sie's sagte!

Es war ein Aufschrei ihres Herzens, eine stürmische Anklage gegen Bob – zugleich ein warmes, glückverheißendes Lob für den Autor – und schließlich ein tiefempfundener Nachruf für »the prince«, den viermal preisgekrönten, letzten Abkömmling der einzigen verbürgt rein erhaltenen Adelslinie der König-Karls-Rasse, für Berry, der von Mörderhand gefallen war.

Die Schrulle des Pastors

Novellette

Barbara hatte sich mit ihrem Verlobten gezankt. Missmutig kehrte sie von dem kleinen Fischerhafen nach dem Damenstrand zurück.

Als sie in die Nähe des Strandhotels gelangte, wandte sie ihre trotzige Miene seewärts, um nicht Freds Mama sogleich wieder Rede stehen zu müssen. Frau Bankier Plagge hatte das Paar aber wie stets, wenn sie es allein spazieren gehen ließ, mit ängstlichen Blicken vom Balkon der Strandhalle aus verfolgt. Eilig kam die stattliche alte Dame nun über den grünen Deich herüber. Barbara hörte ihr asthmatisches Atmen.

Natürlich blieben die erwarteten Fragen nicht aus.

»Warum bist du nicht mitgefahren, Barbarachen?«

»Ich hatte die Lust verloren.«

»Trotzdem du nun schon die ganze Woche davon sprichst, du wolltest durchaus einmal im Segelboot hinaus?«

Barbara schwieg.

»Etwa weil Baumeisters mitkamen und der Landgerichtsrat mit seinen Töchtern?« Frau Plagges Ton war gekränkt, dabei aber sanft und mütterlich. Sie ergriff mit ihrer weißen, rundlichen kleinen Hand die kräftige, etwas gebräunte Rechte ihrer Schwiegertochter. (Es war eine schreckliche Unart von Barbara, sich in ihrer Toilette hier im Seebad so sehr zu vernachlässigen: Am liebsten ging sie ohne Hut und ohne Handschuhe. Man sprach schon darüber.) »Sieh mal, meine süße Barbara, du musst nicht so schroff gegen Alfred sein. Er hat dich so ungemein lieb. Wirklich.«

Diesen butterweichen Ton konnte Barbara um alles in der Welt nicht leiden. Sie löste ihre Hand aus den weichen Fettpolstern und seufzte auf, mit ihren lebhaften braunen Augen die Ausfahrt des etwas schwerfälligen ›Greif‹ verfolgend. Alfred, der backbords saß, hatte sich in einen dicken Plaid gewickelt. Man erkannte ihn nur an seinem kleinen Strandhütchen von rotem Filz.

»Wenn es Alfred Spaß macht, mit x-beliebigen fremden Philistern Segelsport zu treiben –!«

»Aber Barbara, mein Süßing, wie du nur gleich wieder so absprechende Urteile in den Mund nehmen kannst!«

»Nun gut. Aber mich langweilt es eben so, mit ehrwürdigen, hochwohllöblichen Bürgern der guten Stadt Hannover an der Leine auf ein Stündchen vor Tisch hinauszusegeln, die Person für fünfzig Pfennig. Ja, es langweilt mich, die Frau Baumeister über die Hotelpreise, die Gänschen vom Landgerichtsrat über die ›Reunion‹ in der Strandhalle und die Herren übers Essen, immerzu übers Essen sprechen zu hören – oder umgekehrt über die Seekrankheit. Und ein Stündchen, ausgerechnet ein Stündchen segeln! Wenn ich mal segle, soll's tüchtig hinausgehen, unabhängig, und weit –! So wie ich mit Vater früher immer gefahren bin.«

»Dein guter Papa!« Frau Plagge legte in ihren Ton eine linde Trauer, brachte es zu gleicher Zeit aber doch fertig, seufzend den Kopf zu schütteln.

Man schwieg eine Weile. Barbaras Blicke klammerten sich an das rostbraune Segel, das vor dem frischen Wind außerhalb des Hafens sofort eine lebhaftere Fahrt gewann. Endlich hob Alfreds Mama wieder an: »Übrigens kannst du dem guten Jungen wirklich keinen Vorwurf daraus machen. Mir war es ja offen gestanden sowieso nicht ganz recht, dass ihr allein auf See wolltet.«

»Auf See!« Barbara lachte. »Hier – in den Watten.«

»Immerhin konnte darüber gesprochen werden.«

»O Gott!«

Frau Plagge hatte für dieses »O Gott!« nicht die richtige Auslegung und fuhr in der Verteidigung ihres Sohnes fort: »Sieh mal, mein Liebling, ich war selbst Zeuge, wie der Herr Baumeister zu Alfred kam und ihn fragte, ob er sich mit seiner Frau an der Partie beteiligen dürfe. Nun, da konnte ihm Alfred es doch nicht abschlagen.«

»Nein, keinem Menschen kann er etwas abschlagen. Er ist Wachs in den Händen andrer Leute. Nur ich habe keinen Einfluss auf ihn. Tausend Entschuldigungen weiß er, wenn ich ihn mal um etwas bitte. ›Das geht nicht, Kindchen, – das schickt sich nicht, mein Süßing, – darüber könnte gesprochen werden, mein Herzchen!‹«

»So erbittere dich doch nicht schon wieder, liebste Barbara! Ich glaube wirklich, das kalte Baden bekommt dir nicht, du wirst davon so nervös!«

Barbara nagte trotzig an ihren Lippen. Natürlich musste nach irgend einem äußerlichen Grund für ihr andauerndes Unbehagen gesucht werden. Dass es ihr hier zum Sterben elend war, dass sie mit sich und der Welt zerfallen war, weil sie das Kraftgefühl in sich, den Unternehmungsgeist, ihre Jugend, ihren Übermut unterdrücken sollte und weil sie sich ducken, ducken, ducken musste, das sagten sich ihre Verwandten nicht.

Frau Plagge pätschelte die gebräunte Wange ihrer Schwiegertochter und ließ sie dann gnädig ziehen, wenngleich mit einigem Groll darüber, dass sich Barbara die mütterliche Liebkosung nur fast widerwillig hatte gefallen lassen. Hätte ihr Sohn Alfred, der als junger Bankier doch immerhin auf Geld sehen musste, an Barbara nicht eine so glänzende Partie gemacht, wahrhaftig, Frau Plagge wäre imstande gewesen, dem jungen, verzogenen Ding einmal ganz gehörig die Meinung zu sagen.

Trübe vor sich hinstarrend, gelangte Barbara zu ihrem Strandkorb.

Gottlob, sie war allein. Auch die schwatzhafte Pastorin mit ihren fünf Gören und ihren uninteressanten Mitteilungen über ihre Bleichsucht, über Eingemachtes, den Frauenhilfsverein von Itzehoe und über Kinderkrankheiten befand sich nicht in der Nähe. So, nun konnte sie eilends den Strandkorb bis dicht an den Steindamm schleppen, sich hineinwerfen, die Hände vors Antlitz schlagen und weinen, herzbrechend weinen ...

Eigentlich verdiente er's gar nicht, dass sie sich so um ihn grämte, der patente, korrekte Herr Alfred. Und doch – wie weh hatte er ihr getan! Ahnte er nicht, warum es sie gedrängt hatte, endlich, endlich einmal mit ihm zusammen zu sein, in der freien Gotteswelt draußen, ohne die beaufsichtigenden, kalten schwiegermütterlichen Augen und ohne das überflüssige Geschwätz der gleichgültigen Badebekanntschaften? Wenn sie sich in der Einsamkeit ausgesprochen hätten, vielleicht würde sie das einander näher gebracht haben. Denn jetzt standen sie einander so fremd, ach so fremd gegenüber. Und schon zu Weihnacht sollte die Hochzeit sein! Himmel, wie sie sich davor fürchtete, wie der Gedanke sie quälte, dass sie dann zeit ihres Lebens Sklave der kleinlichen Empfindelei Alfreds sein würde und seiner Mutter. Seiner Mutter! O, gewiss, Frau Plagge überschüttete sie ja geradezu mit Sorgfalt und Zärtlichkeit. Aber Barbara war es, als ob sie aus einer ganz andern Welt stammte: die wortreiche Liebenswürdigkeit der alten Dame gereichte ihr nur zur Qual.

Schon in äußerlichen Dingen zeigten sich die Gegensätze. Barbara liebte und pflegte seit ihrer Kindheit den Sport in jeder Gestalt. Als sie aber nach dem Tode ihres Vaters, der am frühen Schlusse seines abenteuerreichen Lebens die berühmte Jachtwerft in Bremen innegehabt hatte, als das Mündel des Bankiers Plagge nach Hannover gekommen war, hatte sie's geradezu Kämpfe gekostet, von Onkel und Tante die Erlaubnis zu all den lieben, halsbrecherischen Künsten zu erhalten.

Plagges scheuten das kalte Wasser – das war ihr hervorstechendster Familienzug. Deshalb war auch Alfred so verweichlicht und so leicht erkältet. Seinetwegen hatte man dieses milde, langweilige Wattenbad aufsuchen müssen. (Alfred nahm natürlich nur Wannenbäder.) Ach, und ihr konnte das Klima nicht rauh genug sein. Wie satt sie des Himmels ewige Bläue hatte! Sie sehnte sich ordentlich nach jagenden, zerfetzten Sturmwolken und schwarzer, zischender, wild aufgeregter See. Und wenn sie nur ein einziges Mal so eine richtige, tüchtige Segelpartie weit, weit hinaus hätte mitmachen dürfen, wie früher mit dem flotten, wetterfesten, couragierten Papa ... Sie beugte sich vor, und wieder klammerten sich ihre sehnsüchtigen Blicke an eines der Fischersegel, die das Wattenmeer mit der aufkommenden Flut belebten ...

Aber das war keines der einheimischen plumpen Fischerfahrzeuge, das war auch nicht der ›Greif‹, in dem man, wenn Flut war, ›à Person fünfzig Pfennig‹ eine Stunde lang herumkreuzte, unter haarsträubenden nautischen Betrachtungen. Es war ein hübscher, flotter Lustkutter, scharf gebaut, mit einem prächtig weißen, großen Gaffelsegel. Das Bugspriet stand keck horizontal, der Außenklüver war ganz stattlich und auch die Stenge hübsch lang, die ganze Takelage vielleicht nur etwas zu schwer für den geringen Umfang des zierlichen, flachbodigen Fahrzeuges. Aber seetüchtig war es zweifellos. Soviel sie übrigens bemerkte, ward das Boot von nur einem Manne bedient.

Der Anblick des flotten Seglers heiterte Barbara ein wenig auf. Sie fühlte sich sofort als ›Fachmann‹ angeregt. Aufmerksam verfolgte sie den Einlauf des Kutters in den Hafen. Wem das Boot wohl gehören mochte? Wenn sie, um zum Hafen zu gelangen und das Fahrzeug in der Nähe zu besichtigen, nicht wieder an der Strandhalle vorüber gemusst hätte ...

Zögernd hatte sie sich erhoben.

»Ah, Fräulein Kottenhahn! Schönen guten Morgen wünsch' ich – es ist freilich schon Mittag – ich hab' Sie noch gar nicht gesehen heute! Wollten Sie nicht mit dem ›Greif‹ hinaus? ... Fritz, nimm schön die Mütze ab und sag guten Tag. Häng dich nicht so an meinen Arm, Berta. Klaus, Klaus, nicht so nahe ans Wasser, Klaus! Willst du wohl! ... Nun, und werden Sie heute wieder baden, Fräulein Kottenhahn? Ja?«

Die Pastorfrau war's, von allen fünf Orgelpfeifen umgeben. Barbara konnte nicht anders, als in leicht ironischem Ton mit ihr sprechen. Frau Rohlfing merkte es gottlob nicht.

»Ob ich baden werde, Frau Pastor? Zu gütig, Ihr Interesse. Ja, ich bade täglich, wie ich Ihnen bereits sagte. Deshalb ist man ja auch schließlich an der See.«

»Aber Ihr Herr Bräutigam badet doch nicht? Ja, er sieht auch sehr zart aus. Klaus, du wirst ins Wasser fallen! Erna, so tapse doch nicht durch alle Pfützen; du wirst dir das frische Kleidchen nass machen. Ja, sehr schönes Wetter heute. Nicht? Was lesen Sie da eigentlich, Fräulein Kottenhahn?«

Das ging wie ein Wasserfall, unaufhaltsam plätschernd, dabei fast ohne jede Nuance. Barbara wollte nicht gar zu unhöflich sein, weil Mama Plagge sich so eng an die Pastorin angeschlossen hatte; sie entnahm deshalb den stattlichen Band dem Strandkorb: »›Auch Einer‹, von Vischer.«

»Ach nein, Fischer?«

»Ja, mit V, nicht mit F.«

»I Gitt, i Gitt, zu komisch! Lottchen, pfui, ketsche nicht an den Nägeln. Hoffentlich gibt es heut zu Tisch eine bessere Nachspeise für die Kinder. Denn der Flammeri gestern –! Ja, was ich sagen wollte, neulich hab' ich auch ein sehr schönes Buch gelesen. Es hieß ... Klaus, du kriegst eine Tachtel, wenn du jetzt nicht kommst und artig die Hand gibst! Warten Sie mal, das war von – tjä, nun hab' ich's wieder vergessen. Wissen Sie, die Autoren und die Titel, – und ich hab' eigentlich so wenig Zeit zum Lesen ...«

Eine Unterhaltung mit der Pastorin war Barbara geradezu eine Tortur.

»Entschuldigen Sie mich, bitte, Frau Pastor, ich wollte soeben nach dem Hafen ...«

»Ah, um nach dem ›Greif‹ auszuschauen? Ja, so ein Bräutchen ... Fritz, du gehst wieder ganz einwärts. Wie der Junge damit seine Absätze krumm tritt ... Übrigens bin ich auch grad auf dem Weg dahin. Da können wir ja zusammen ... Lottchen, nimm mal die Berta an die Hand. Das Kind reißt mir noch den Arm aus!« Sie hakte vertraulich bei Barbara ein. »Kommen Sie, Fräulein Kottenhahn. Sie müssen mir noch ein bisschen erzählen. Ich interessiere mich so schrecklich für alle Bräute. I Gitt – schrecklich soll man eigentlich nicht sagen. Langsam, Fritz, nicht so rabantern ... Natürlich, ob ich's nicht kommen sah, da liegt er schon auf der Nase!«

Barbara ergab sich in ihr Schicksal. Übrigens trug die Pastorin die Kosten der Unterhaltung ganz allein. Sie war heute noch zerfahrener als sonst, vermutlich weil sie ihren Mann erwartete, wie sie der jungen ›Freundin‹, ein riesiges Interesse bei dieser für all ihre persönlichen Verhältnisse voraussetzend, sofort anvertraute.

Über den ganzen Haushalt der wackeren Frau Rohlfing war Barbara so ziemlich orientiert. Sie kannte alle Untugenden des Dienstmädchens Amanda, die üble Angewohnheit des Pastors, bis in die tiefe Nacht hinein zu lesen und zu qualmen; sogar über die ökonomische Verwendung des Wirtschaftsgeldes der Frau Pastor, die ein wahres Finanzgenie sein musste, herrschte bei Barbara keine Unklarheit mehr.

Jetzt sollte sie auch endlich den Eheliebsten der Frau Pastor persönlich kennenlernen. Nach allem, was sie den ungeordneten, rein äußerlichen Ausführungen von Mutter Rohlfing entnehmen konnte, schien dieser Herr Pastor ein recht pedantischer, selbstherrlicher Schulmeister zu sein, genau so uninteressant, wie ihn diese kleingeistige, interesselose Frau Erna verdiente. Es fehlte ihm keines der philiströsen kleinen Laster und keine der vielgerühmten deutschen Philistertugenden.

»Sehen Sie, Fräulein Kottenhahn, und dabei gerade die eine Schrulle, ist das nicht komisch?«

»Welche Schrulle?«

»Sagt' ich's Ihnen denn noch nicht?« Das breite, runde, gutmütige Antlitz der Pastorin umwölkte sich ein wenig. »Ich hab's ja wirklich gut bei meinem Mann und kann mich durchaus nicht beklagen. Aber wenn er sich nur das eine noch abgewöhnen wollte, dann wär' ich ganz glücklich: Er liegt so schrecklich viel auf dem Wasser.«

»So – Rudersport?«

»Nein, er segelt so gern. Nun will er sich gar noch ein neues Boot kaufen … Lottchen, Berta, wenn ihr euch nicht vertragt, sag' ich's sofort dem Vater … Sehen Sie, das Boot da ist's. Richtig, es trägt auch schon den Namen: ›Die Schrulle‹, so wie das alte hieß. Wissen Sie, das war nämlich eine Anspielung, weil ich doch immer so sagte.«

Der Lustkutter hatte die Segel geborgen und aufgegeit. Langsam glitt er, ein schmales Kielwasser hinter sich herziehend, von der Strömung der aufkommenden Flut getragen, in den Hafen.

Barbara war enttäuscht. Herr Pastor Rohlfing der Inhaber dieses famosen Fahrzeugs! Sie musste fast lachen, als die Frau Pastorin ihr anvertraute, dass ihr Mann heute hauptsächlich deshalb von Geeste-heide bei Itzehoe herüberkam, um ihr die von der Amanda fertigge-stellte Kinderwäsche abzuliefern. So ersparte man immerhin die teure Wäsche im Hotel. – Heiliger Neptunus!

»Seht, Kinder, da ist der Papa. Klaus, nicht so nahe an den Rand. Komm zu mir, Bertchen, wenn die unartige Lotte dich nicht bei sich dulden will. Ich hab's wohl gesehen, du bist schuld, Lotte. Ruhe jetzt! Ja, Fräulein, sehen Sie nur, so ein großes, teures Schiff. Wenn Stefan nicht die Erbschaft gemacht hätte, ging's ja überhaupt nicht. Aber auch so – das viele Geld für so 'ne Schrulle. Und dabei reden die Leute wohl gar noch darüber. Und wer weiß, der Herr Superintendent … Lottchen, den Finger von der Nase! Pfui, wie kann man nur! Wenn der Papa das nun gesehen hat! … Aber bleiben Sie doch, Fräulein Kottenhahn, ich möchte Sie gern mit meinem lieben Mann bekannt-machen!«

Barbara war es unbehaglich zumute geworden. Die ›Schrulle‹ hatte fast allen Reiz für sie verloren. Und sie wollte nicht Zeuge werden der intimen Familienszene: Ablieferung der Kinderwäsche, Bericht über Amanda, Küsse in üblicher Reihenfolge, hernach sofort General-strafpredigt für alle inzwischen von Frau Erna mitgeteilten Ruchlosig-keiten der Orgelpfeifen. Noch bevor Fritz in Gemeinschaft mit Berta das ihnen von einem langaufgeschossenen brünetten, fast schwarzbär-tigen Mann zugeworfene Tauende um den Pfahl gewickelt hatte, schlich sie sachte weiter. Sie hatte auch bei den letzten Fischerbooten ihre Schwiegermutter bemerkt, die wahrscheinlich auf das Einlaufen des ›Greif‹ wartete.

Die Hände auf dem Rücken, trat sie auf die kleine Mole hinaus, die die Hafeneinfahrt bezeichnete. Tief atmete sie die ihr so sympathische Mischung der kräftigen Seeluft ein, mit dem Duft nach Krabben, Tang und Teer. Mit der Flut war eine Mütze Wind aufgekommen. Sie ließ die Haut ihres abgehärteten, kräftigen und dabei geschmeidigen Körpers gern von dem leisen Kälteschauer überrieseln. Da sie (zum gelinden Ärger von Tante Plagge) kein Korsett, sondern nur ein weiches, der natürlichen Taille sich anschmiegendes Mieder trug, so fühlte sie den wohltuenden Strom der kalten Luft am ganzen warmen Körper entlang von den Füßen bis zum Hals und Nacken emporziehen. Es wirkte wie ein Luftbad auf sie. Ihre Brust weitete sich, sie fühlte sich freier und größer, und sie sah die Farben des von der Sonne beglänzten Meeres und Himmels viel kräftiger und frischer: das tiefe Blau mit den weiß überköpfenden kleinen Wellen, das sich in hundert Tinten abschattierte bis zum blendenden Silberschimmer der vom Auge übers Wasser nach der Sonne gezogenen Lichtstreifen. Und man schmeckte das Salz aus den Lippen. Jetzt sich hineinwerfen dürfen, wie man ging und stand, aber nicht erst zum Damenbad müssen, wo das Wasser so seicht, das Gekreisch der »sich habenden« Frauen und Kinder so albern und der Geruch noch nicht getrockneter Wäsche und gescheuerten Holzes so störend war.

»Fräulein Kottenhahn! Fräulein Kottenhahn!«

Wenn man ihren Namen aufgeregt zweimal hintereinander rief, war es immer die Frau Pastor. Richtig, da kam sie gespreizt und wichtig, wie eine Deputation, mit Vieren ihrer Sprösslinge auf sie zu; nur Fritz war zurückgeblieben und kletterte zwecklos im Boot herum. Die Arme ausstreckend, machte sie noch auf dem Festland Halt, ohne sich auf die Mole zu wagen oder die Kinder an sich vorüberzulassen.

»Eben sagt mir Ihre liebe Frau Schwiegermama, dass Sie so gern einmal eine größere Segelpartie machen wollten, Fräulein Kottenhahn. Mein lieber Mann nimmt Sie gewiss mit. Sehr schöner Segelwind sei da, sagt er, und er will sogleich wieder hinaus, bis heute Abend.«

Barbara konnte des Windes wegen nicht alles verstehen, was die Pastorin sagte; auch war ihre Rede von verschiedenen sanft verweisenden Apostrophen an die Kinder unterbrochen. Barbara kam also artig ans Land zurück.

›Aha, Mama Plagge lenkt ein!‹ – das war ihr erster Gedanke. Ihr zweiter war der: ›Wenn es gleich losging, dann würde Alfred, von seiner großartigen Fünfzigpfennigtour zurückkehrend, sie heute bei Tisch nicht antreffen.‹

Zögernd näherte sie sich also wieder der ›Schrulle‹.

Das Boot gefiel ihr ja. Sehr sogar. Wenn es nur nicht gerade ein Pastor, ein für sein wichtiges Leben und seine Gesundheit jedenfalls pedantisch besorgter fünfköpfiger Familienvater und – der Gipfel des Entsetzens – der Mann von Frau Erna gewesen wäre, mit dem sie da hinaus sollte.

Herr Rohlfing war höflich, verleugnete das Schulmeisterliche, das Barbara bei ihm vermutet hatte, aber keineswegs; gleich seine ersten Worte, nachdem man einander vorgestellt war, zeugten davon: »Sie sind doch seefest, Fräulein – nicht wahr, Kottenhahn? Denn wir werden den Südwind nicht behalten, denk' ich, und pfeift's aus West, dann wird's ohne Schaukeln nicht abgehen.«

Barbara lächelte. Der gute Mann nahm sein bisschen Wattenmeersport ja äußerst wichtig. Sie konnte sich's nicht versagen, ihm mit leichter Überlegenheit mitzuteilen, dass sie schon zweimal den Kanal, einmal ein Stückchen Atlantik und dreimal die Fahrt ums Kap Skagen herum genommen hatte.

»Mit dem Dampfer?« fragte der Pastor.

»Nein, an Bord der Jacht meines Vaters.« Sie wies auf ein Brandzeichen im hellen dünnen Holz des Kutters. »Das Boot stammt übrigens auch von seiner Werft. Kottenhahn & Sohn.«

»Ah, Sie sind ...«

»Der Sohn!« fiel Barbara lächelnd ein. Bitter setzte sie hinzu: »Aber als solcher leider nur ein Mädel.«

Der Pastor sah ihr überrascht ins Auge. Er schien Zutrauen zu ihr zu fassen. »Ja, wie gesagt, mein Fräulein, es wird mir ein Vergnügen sein. Und die ›Schrulle‹ muss sich ja besonders geehrt fühlen, die Tochter des Erbauers an Bord zu wissen.«

Frau Plagge kam sich nun ungemein großmütig vor, dass sie die Sache so arrangiert hatte. In größerer Gesellschaft zu fahren, machte Barbara kein Vergnügen, das Brautpaar ohne Begleitung hinauszulassen, war doch auch nicht recht angängig; nun, da machte sich's so schon mal am besten. Ein Pastor, also ein gesetzter, erfahrener Mann der Pflicht, überdies der Gatte der so ungemein anregenden und unterhaltenden Frau Erna, und schließlich der Vater dieser lieben Kinderschar! ... Ja, nun fanden sich aber doch wieder neue Bedenken:

»Je, Barbara, mein Süßing, aber wir sollen doch gleich zu Tisch, und wenn Fred kommt, er wird sich ja so bangen, der arme, süße Kerl, und du wirst doch auch Appetit haben, mein Herzchen, und wenigstens etwas wärmer anziehen müsstest du dich!«

Der Pastor machte ein recht unglückliches Gesicht. »Es tut mir aufrichtig leid, aber so lange darf ich nicht warten. Um sechs Uhr ist schon wieder Ebbe, dann kommt man nicht über die Watten zurück.«

Gewandt sprang Barbara ins Boot. »Da haben Sie mich, Herr Pastor!« sagte sie in frischem, fast übermütigem Ton. »Ich verzichte herzlich gern auf die Table d'hôte.«

Tante Plagge kreischte auf, denn das leichte Boot schwankte unter Barbaras Füßen bedenklich. Das junge Mädchen verlor aber ebensowenig das Gleichgewicht als der geistliche Herr.

Nun jagte die besorgte Schwiegermama Pastors Ältesten nach dem Hotel, um Barbaras Regenmantel, ihr Cape und ein paar Plaids zu besorgen. Dazwischen gab auch Frau Rohlfing ihrem Gatten allerlei Verhaltungsmaßregeln, fragte ihn aus, was Amanda in den Speisekorb getan habe, warum sie denn nicht Frikandellen ...

Da schoss Fritz, vom Oberkellner höchstselbst gefolgt, heran, und die Unterhaltung konnte abgebrochen werden. Eine stattliche Anzahl Neugieriger hatte sich um Frau Plagge und die Pastorsfamilie gruppiert, auch Badegäste, mit denen man nicht einmal auf dem Grüßfuß stand, gaben, angelockt durch die Aufregung der Damen und Kinder, ihr Interesse am Auslauf des Kutters kund. Es war das Tagesereignis.

Das Tau ward gelöst, der Pastor stieß kräftig ab, und noch vor der Mole setzte er das erste Segel. Ohne eine Weisung abzuwarten, hatte Barbara den Platz am Steuer eingenommen. Da sie die Bedeutung der Ruten und Tonnen kannte, überhaupt auch zur Zeit der Ebbe den Lauf der Priele kennengelernt hatte, die während der Flut im Wattenmeer als Fahrstraße benutzt werden mussten, so vermochte sie gleich die ersten Manöver des Pastors fehlerlos zu unterstützen. Die Straße führte im Bogen um die dünenartige Fortsetzung des Herrenstrandes herum; Barbara drehte also die Pinne mit der einen Hand in die neue Richtung, mit der andern ergriff sie die Fallen der Stagsegel, um diese zu hissen, sobald der Pastor das Gaffelsegel bedient hatte.

Barbaras Augen leuchteten, ihre Wangen hatten sich ein wenig gerötet. Als die ausgespannten Segel nun beim Winde lagen und der Kutter rauschend den Hafen verließ, der Gischt am Kiel hoch aufspritzte und das Fahrzeug sich regelrecht zur Seite legte, nickte der Pastor ihr sichtlich befriedigt zu. Sie nickte wieder.

Vom Strand her vernahm man die hellen Kinderstimmen der Orgelpfeifen, ein gefühlvolles »Fahre wohl! Fahre wohl!« von Mama Plagge, die mit dem Taschentuch wedelte, und, wie auf Bestellung, ein letztes: »Lotte, jetzt gibt's aber auf die Hände!« von den nimmermüden Lippen der Pastorin. Barbara wandte sich nicht mehr nach dem Ufer um; ihre Blicke flogen wie trunken vor Seligkeit über das weite Wasser.

Schweigend ging die Ausfahrt vor sich. Der Kutter steuerte auf die offene See zu. Man verständigte sich vorläufig nicht über die Fahrtrichtung; es war ja gleichgültig, wohin es ging. Nur aus den Watten heraus, heraus aus dem Schutze des Landes, und dann im rechten Winkel den Wind gefangen, ›mit raumer Schoot‹, um nichts, nichts von seiner treibenden Kraft zu verlieren und, losgelöst von Raum und Zeit, über die unendliche Fläche dahinzusausen –!

Nach kaum zehn Minuten halte die »Schrulle« Seewind. Erwartungsvoll sah Barbara nun den Pastor an. Der hatte sie gleichfalls schon eine Weile lang still beobachtet, auch die gespannten Blicke taxiert, die sie der mehr und mehr belasteten Leinwand zuwarf.

Abermals schien es keiner Verabredung zu bedürfen. Denn sobald Rohlfing vorn den Segeldruck verminderte, unterstützte Barbara die Wendung durch das Ruder. Langsam drehte sich der Bug des Kutters nach Backbord. In dem Augenblick, in dem das Fahrzeug ganz vor dem Wind stand, schoss Barbara empor, um die Hintersegel umzubrassen. Sie griff mit kundiger Hand fest zu. Eins, zwei, drei, war das Manöver ausgeführt. Der Pastor lächelte befriedigt. Er wartete das Abfallen des Schiffes ab; im gegebenen Moment stellte er die Vorsegel herum. Nun machte der Kiel mit dem Wind einen Winkel von ungefähr fünfundvierzig Grad. Noch ein paar tüchtige Schwankungen, verstärkter Gischt am Ruder, dann legte sich das Boot ganz zur Seite, und pfeilschnell durchschnitt es die kalte, strenge Luft.

Der »Greif« und die andern Wattensegler waren längst überholt, die Küste trat immer weiter zurück, nicht anders als ein schmaler, rötlicher Strich wirkte sie schließlich aus der Ferne.

Zwischen dem Gaffelsegel und der winzigen Kajüte Schutz gegen Sicht findend, hatte der Pastor seinen schwarzen Rock ausgezogen und war rasch in seine derbe Schifferjacke von blauem Düffel geschlüpft. Barbara, die indessen die Schnur des Ruders einhakte, um den Griff nicht fortwährend halten zu müssen, und die sich darauf behaglich zurücklehnte, war über die blitzschnell vor sich gegangene Umwandlung nicht wenig verwundert. Das Blau stand Herrn Rohlfing zu seinem braunen Teint ganz vorzüglich. Mit dem kurzen, dunkeln Vollbart und der weißen Leinenkappe, die sich von seinem schwarzen Haar so scharf abhob, hatte sein Gesicht eigentlich gar nichts Pastorliches mehr. Und nun fielen ihr plötzlich auch seine Augen auf. Es waren hellgraue, große Seemannsaugen, ernst und schwermütig, tief und doch fast kindlich. Der Blick dieser seltsamen Augen war scheinbar immer in die Ferne gerichtet, über den Gegenstand, den sie betrachteten, noch weit hinaus.

So saß das Paar eine Weile schweigend da, unter der Stenge des Gaffelsegels einander ganz unverholen musternd. Barbara fühlte, dass sie dem Pastor durch die paar Handgriffe imponiert hatte, aber sie empfand auch, dass sie ihn vorhin unterschätzt, ihn ganz falsch beurteilt hatte. Es lag doch nichts Schulmeisterhaftes in seinem Wesen, sonst würde er ihr jetzt ein paar wohlwollende Worte über ihre »Befahrenheit« gesagt haben. Dass er ein fades Kompliment unterließ, rechnete sie ihm hoch an. Es gab überhaupt nichts Komischeres für sie als biedere Ehemänner, die in Abwesenheit ihrer Frauen galant sein wollen.

Dem Pastor schien das Schweigen sehr zu gefallen. Sein Antlitz hatte den verträumt gespannten Ausdruck eines Lauschenden angenommen. Sicher folgte sein Ohr dem eigenartigen Rhythmus der ewig sich wiederholenden Wellenbewegung. Das Rauschen der Segel bildete das Fundament dazu. Barbara wollte endlich ergründen, ob ihr Gegenüber wirklich an das, was sie sich vorstellte, dachte.

»Sie sind gewiss musikalisch, Herr Pastor?« fragte sie ihn plötzlich mit ihrer ernsten Altstimme.

Trotzdem er sie die ganze Zeit über angesehen hatte, fuhr er nun doch erschrocken zusammen, als habe er dem hübschen Mädchenbild da drüben überhaupt keine Stimme zugetraut. Er beantwortete ihre Frage nicht direkt, sagte vielmehr, wie seine Versunkenheit entschuldigend: »Es liegt so viel melodischer und harmonischer Reiz darin. Ich empfinde es jedesmal. Das ist nicht nur Rhythmus, nicht nur Takt, wie es so ans Boot schlägt. Meinen Sie nicht auch?«

Sie hatte also recht gehabt: Er war musikalisch. »Gewiss«, sagte sie lächelnd, »aber die Natur gibt nur den Rhythmus gleichmäßig für alle. Melodie und Harmonie ist von unsrer Stimmung abhängig – oder von unserm Gedächtnis. Die Mehrzahl der Menschen, die diese Musik überhaupt verstehen, hört immer nur Mendelssohn heraus.«

Lebhaft wollte er etwas einwerfen, doch dann nickte er bloß zustimmend, und fast gleichzeitig summten sie ein Motiv aus den »Hebriden«.

Ganz ungezwungen kamen sie darauf ins Gespräch über die Tonmalerei der Romantiker. Barbara ward dabei etwas lebhafter. Man traf so selten einen Menschen, der sich mit derlei beschäftigte. Der Pastor schien dieselbe Empfindung zu haben. Er merkte bald, dass er ein Wissen vor sich hatte. Man sprach über die bizarren Instrumentaleffekte in Berliozschen Werken, über Schumanns Versuche, Naturlaute in der Musik wiederzugeben, und kam schließlich auf Beethovens Pastorale. Dabei nahm das weiche, warme Organ Rohlfings einen malenden Ton an. Barbara tat seine schöne, geschulte Stimme wohl. Durch ein paar Einwürfe wusste sie ihn immer wieder zum Fortfahren anzuregen.

»Haben Sie denn Musik studiert?« fragte er sie endlich.

Sie sagte ihm, dass sie selbst nur ein wenig Geige spiele; alles, was sie wisse, habe sie von ihrem Vater gelernt. »Er meinte, das müsse man wissen und empfinden, um richtig hören zu können.«

»Ja, das Zuhören!« sagte der Pastor mit leisem Seufzen.

Barbara konnte ein Lächeln nicht unterdrücken. Ob der geistliche Herr dabei an seine Frau dachte? Sie erschrak darüber, wie gramvoll plötzlich sein Gesicht geworden war, und das Lächeln erlosch auf ihren Lippen.

»Ihre Eltern leben nicht mehr?« begann Rohlfing nach einer Weile wieder.

»Vater starb vor drei Jahren. Auf Mutter entsinne ich mich nicht mehr. Ja, mein Vater war mein einziger Freund.«

»Und Sie haben ein schönes Stück Gotteswelt an seiner Seite gesehen?«

Barbaras Augen leuchteten. Munter begann sie von ihren Reisen zu erzählen. Es lag jetzt aber nichts mehr von Renommage in ihrem Ton wie vorhin am Strande. Ein wirkliches Sehnen nach Mitteilung hatte sie erfasst. Dabei bewies der Pastor, dass auch er die Kunst im Zuhören anzuregen verstand. Ihr Respekt vor dem geistlichen Herrn wuchs. Wahrhaftig, dem hatte sie ein schweres Unrecht getan, als sie ihn für einen philiströsen Pedanten, einen schulmeisterlichen Besserwisser gehalten hatte. Insgeheim bat sie ihm ihr vorschnelles Urteil ab.

Der Pastor gestand ihr, dass er in seinem ganzen Leben nicht weiter als bis nach Kiel, wo er auch studiert habe, gekommen sei. Während Barbara in Paris und Petersburg, London und Rom, Madrid und Konstantinopel gewesen war, hatte er außer Hamburg überhaupt noch keine Großstadt gesehen; nicht einmal Berlin kannte er.

»Ich könnte Sie fast darum beneiden, Herr Pastor!« sagte sie mit einem bitteren Lächeln. Und als er sie fragend ansah, fuhr sie fort: »Dann wäre mir's jetzt nicht so unsagbar schwer geworden, mich in den qualvoll engen Zirkel hineinzufinden ...« Erschrocken über sich selbst brach sie ab. Wie kam sie dazu, diesem wildfremden Manne – dem Gatten von Frau Erna – ihr Herz auszuschütten?

Sie mochte sich aber noch so sehr Gewalt antun, ihr Ton fand die anfängliche Reserve nicht wieder. Mit diesem Pastor konnte man eben nur frei und offen reden – oder gar nicht. Er hielt sich selbst übrigens auch nicht zurück. Als er ihr sagte, dass der Wassersport ihn für die Reisen, die er sich nicht gestatten könne, reichlich entschädige, als er ihr dann von einzelnen besonders schönen Fahrten erzählte, die er noch auf seinem alten, bedeutend kleineren Boot ausgeführt hatte, strömte aus seiner Schilderung eine ehrliche, wohltuende Wärme, eine mitfortreißende Begeisterung.

Nun waren sie schon zwei Stunden unterwegs. Der Pastor holte endlich den Speisekorb und eine Flasche Rotwein aus der kleinen

Kabine und bat seinen Gast, mit zuzulangen. Barbara hatte Hunger und kam der Aufforderung ohne Zögern nach. Aber es schmeckte ihr nicht so recht, weil sie dabei an Frau Erna denken musste. Unterm Gaffelsegel stießen sie dann mit den gläsernen Bechern auf fröhliche Weiterfahrt an. Stephan Rohlfing ließ sich, nachdem er seine knappe Mahlzeit beendigt hatte, näher am Mast nieder, hielt das Gläschen zwischen beiden Händen fest und sagte:

»Sie haben mich wohl für einen recht garstigen Egoisten gehalten, Fräulein Kottenhahn, als ich meine Einladung zum Mitfahren so sauertöpfisch vorbrachte?«

»Offen gestanden – ja!« erwiderte Barbara munter. »Mir schien, Sie machten sich sehr wenig aus meiner Gesellschaft.«

»Und den gleichen Eindruck empfing ich von Ihnen. Das tut aber nichts. Wir sind ja gut miteinander ausgekommen.« Er sah ihr voll ins Gesicht. »Ich kann's Ihnen jetzt ohne Gefahr sagen: Trotz aller christlichen Nächstenliebe bin ich nämlich im Begriff gewesen, ein ungenießbarer Weiberfeind zu werden.«

Er sagte das in fast humoristischem Tone. Aber Barbara fühlte doch heraus, dass es mehr als Scherz war. Wieder stand Frau Erna vor ihrem geistigen Auge, und ein inniges Mitleid erfüllte sie. Zugleich stieg etwas wie Groll in ihr auf. Welch himmelweite Kluft trennte diese beiden Menschen! Frau Erna ahnte das ja gar nicht, hätte es auch nicht begreifen können, selbst wenn ein grausamer Störenfried es ihr gesagt hätte. Frau Erna war so zufrieden, so unbegreiflich zufrieden, und sie wäre vollkommen glücklich gewesen, wenn ihr Mann diese eine Schrulle nicht gehabt hätte – diese eine Schrulle!

»Sie können sich nicht so in meine Lage versetzen, Fräulein Kottenhahn, denn Sie haben viel schöne Erinnerungen, an denen Sie zehren dürfen. So oft Sie wollen, steht Ihnen die Flucht aus dem Alltag ins Reich der Phantasie offen. Da lassen Sie Reisebilder an sich vorüberziehen, sehen die Pracht des Orients, fremde Meere mit exotischen Städten oder die Gletscherwelt … Ich habe nur mein liebes, kleines Segel, dem ich mich in Feierstunden anvertraue, um mich loszulösen vom Allzumenschlichen, um hier draußen stille Andacht zu halten. Sehen Sie, und ich fürchtete, eine fremde Dame würde mich aus meiner Einsamkeit herausreißen. Und hier auf dem Wasser will ich so ganz Egoist sein. Hier darf ich's sein. Drum war ich zuerst unwirsch, als Sie kamen. Seien Sie mir nicht böse.«

»Ich bin Ihnen nicht böse. Da Sie mir das gestehen, sagen Sie mir ja auch, dass ich wenigstens keinen Missklang in Ihre Einsamkeit gebracht habe.«

»Ja, so sollen Sie's verstehen.«

Nun schwiegen sie wieder, ganz dem Zauber der sphärenhaften Musik hingegeben. Der Wind war stärker geworden, und man vernahm jetzt wildere Motive als die gleichmäßig plätschernden Reminiszenzen an Mendelssohn und den behaglichen Sechsachteltakt seiner Gondellieder.

»Schade, dass die Freude so bald ein Ende haben muss!« ließ sich der Pastor nach einer Weile vernehmen. »Es geht auf fünf Uhr. Nach sieben kommt man nicht mehr über die Watten, der Ebbe wegen!«

»Wir sollen wenden? Schon?« Bittend sah sie den Pastor an. »Schenken Sie mir eine Gnadenfrist. Ich – ich kann jetzt noch nicht zurück!«

»O mein liebes Fräulein, der Mensch kann alles, was er muss. Und was er will.«

»So fragt sich's also nur, ob ich will und ob ich muss. Mich zwingt nichts zur Rückkehr. Es sei denn, dass Sie ein Machtwort sprechen wollen – oder müssen.«

Er schüttelte lächelnd den Kopf. »Urlaub hätt' ich schon. Man sieht mir in dieser einen Hinsicht nach. Denn das ist eben meine Schrulle.«

Sie kamen also endlich überein, erst zur Nacht mit der nächsten Flut heimzukehren.

Während sie noch darüber debattierten, fing der Kutter unversehens eine ›Eule‹, und sie mussten rasch manövrieren, um wieder in den vorigen Kurs zu kommen. Der Wind hatte sich aber gedreht, hohler pfeifend kam er heran und rüttelte gewaltig am Stagsegel. Und nun war auch im Umsehen das ganze Seebild verändert. Während die blaue Meeresfläche sich vorher im Licht gebadet hatte, rief der leicht übergraute Himmel rasch eine allgemeine Trübung der Luft- und Wasserstimmung hervor.

Barbara geriet dadurch nur in um so lebhaftere und freudigere Bewegung. »Herrlich, herrlich!« rief sie leuchtenden Blicks.

»Das wusst' ich«, meinte der Pastor schmunzelnd, »dass Ihnen der graue Marineton gleichfalls sympathischer ist als der blaue.«

»Ja, für die Nordsee ist er echter!«

Rohlfing holte nun seine Karte aus dem wasserdichten Überzug und legte die Route fest. »Mit Westwind ist die Welt zu umsegeln!« sagte er unternehmungslustig. »Wir können um Süderoog herum sein, noch bevor die Ebbe eintritt, dann halten wir zwei Stunden lang auf Helgoland zu, westsüdwest, und wenn wir gehörig durchgepeitscht sind, eine blaue Nase und rote Hände haben, drehen wir bei und kehren wieder mit raumer Schoot, wie herwärts, in die Watten zurück. Einverstanden? Um zwölf sind wir dann daheim.«

»Hochflut ist aber erst um drei in der Früh'!« warf Barbara ein.

»Bei diesem Blasius gibt's lang vor Mitternacht schon Wasser genug zur Einfahrt.«

Die herzliche, fast kindliche Freude seines Bootsgastes erheiterte den Pastor sichtlich. Barbara war in der nächsten Zeit nur noch Aug und Ohr für Wetter, Wind und Segelrichtung. Da sie seit mehreren Jahren außer Übung war, gelangen ihr ein paar Hilfsgriffe beim ›Halsen‹ nicht, das bei der Durchfahrt zwischen den Halligen nötig wurde; der Pastor unterstützte sie also dabei. Sie war voller Bewunderung für seine Geschicklichkeit und den Mut, den er dabei an den Tag legte.

Endlich konnte man wieder still sitzen. Das Boot schwankte nun aber gehörig, so oft es einen der in regelmäßigen Zwischenräumen heranrollenden Schaumkämme durchschnitt. Auch pfiff der Wind so schneidend übers Wasser, dass die Unterhaltung fast unmöglich ward. Man konnte sich nur noch in kurzen Sätzen verständigen; war es doch, als ob die Worte mit jäher, rücksichtsloser Gewalt von den Lippen gerissen würden.

»Ah, nun wird das Lied zur Sinfonie!« rief der Pastor einmal. Barbara erwiderte nichts darauf. Ihr Ohr lauschte längst schon wieder der inneren Musik, die das majestätische Rollen, Rauschen, Brausen und Sausen in ihr erregte.

Mit verschränkten Armen saß der Pastor am Mast. Seine Blicke schweiften weit hinaus über die aufs Wasser sinkende Dämmerung. Da und dort auf den Halligen blitzten die Lichter von Blinkfeuern auf, man ließ sie im Rücken und nahm den Kurs in die schwarze See hinaus. Unterm Schutz des Gaffelsegels kam dann endlich wieder so eine Art Konversation zustande.

»Sie sind verlobt, Fräulein Kottenhahn?« fragte der Pastor plötzlich.

Barbara sagte ein paar gleichgültige Worte über ihren Bräutigam; auch über seine Abneigung gegen jeden Sport. Ihr Ton ward dabei sarkastisch.

»Schade, dass Sie sich in diesem Punkte nicht verstehen; ich könnte mir's so wunderbar denken. Und es ist auch das Natürliche.«

»Das sagen *Sie*, Herr Pastor?« Es war das erste Mal, dass sie sich eine deutliche Anspielung auf Frau Erna erlaubte. Stefan Rohlfing erwiderte nichts; er stützte nur seufzend das Haupt in die Hand.

Wieder herrschte Schweigen im Boot; der Wind strich klirrend über den Kutter hin. Sein Pfeifen nahm bisweilen einen wimmernden Ton an. Das Erzittern der Drossen und Fangen klang wie entferntes Kinderweinen. Ein ehernes Lied aber, das mahnend ans Herz klang, setzte sich aus dem Rauschen und Brausen der Segel und dem Anprall der kleinen Sturzseen zusammen.

Ein ganz klein wenig Gruseln kam nun doch über die beherzte Barbara. Sie konnte die schlanke, hohe Gestalt des Pastors nicht deutlich erkennen. Das Zwielicht ließ sein Antlitz mit dem dunkeln Bart und Haar und den wundersam hellen, sprechenden Augen schier geisterhaft erscheinen.

»Werden Sie auch wieder zurückfinden, Herr Pastor?« fragte sie plötzlich voll Angst.

Da sah er sie ganz erstaunt an. »Sie fürchten sich? Sie?«

Sie nahm ihre ganze Kraft zusammen. »Nein, es war mir nur so, als ob Sie nicht mehr auf die Feuerzeichen an der Küste achteten.«

»Ich kenne die Gegend so genau.«

»Aber wäre es nicht Gottversuchung, wenn man tollkühn aufs Geratewohl hinausführe?«

Der Pastor schüttelte den Kopf. »Es gibt nur ein Gottvertrauen. Gottversuchen, das ist so eine überkommene Vorstellung aus der Anschauungswelt der Alten: den Neid der Götter herausfordern.«

»Aber Ihren Mut muss ich doch bewundern: da Sie für gewöhnlich so mutterseelenallein auf dem Wasser treiben.«

»Ja, Fräulein Kottenhahn, außer dem Gottvertrauen muss natürlich auch Selbstvertrauen vorhanden sein. Und – man muss eben segeln können.«

»Und es wird Ihnen nie bange?«

Er erhob die Hände und wandte sich dem Winde zu, als wollte er sich tüchtig zausen lassen. »Ach, gibt's was Größeres und Erhabeneres, als so in nächster Berührung mit den Elementen zu sein, mit ihnen zu ringen? Bangigkeit erweckt das doch nicht? Nein, es drängt einen nur immer wieder, die Allmacht Gottes anzubeten, seine Gnade zu bewundern. – Wenn ich das liebe Segel nicht hätte, das mich aus dem dumpfen Einerlei des Werkeltages so oft mitten hinein in großartige Feierstunden geführt hat, – ach, wie klein und verzagt ich dann schon längst geworden wäre! ... Das richtet mich immer, immer wieder auf. Es ist wie ein zweites, höheres Leben. Das gibt mir die Kraft, mutig und unverdrossen all die drückenden Kleinlichkeiten zu ertragen. Wie würd' ich sonst die Brücke finden von meiner Prosa hinüber auf die Insel der Seligen? Und ich soll ihnen doch allen Kunde bringen von da drüben! Es sind so viele unter meinen armen Pfarrkindern, die hienieden gar nichts haben als die Hoffnung auf die Gnade Gottes. Denen kann ich so aus ganzer Seele die Größe und Güte des Allmächtigen verkündigen, wenn sie so heißhungrig zu mir kommen, um von mir, dem Glücklichen, aufgerichtet zu werden.«

»Von Ihnen, dem Glücklichen?« Sie sah ihn ganz ungläubig an ...
»Und Sie finden stets die Worte, um die Unglücklichen aufzurichten?«

»Ja, sehen Sie, weil ich die Brücke weiß zu Gottes Gnade.«

Jedes hing nun wieder seinen Gedanken nach. Mit keinem Wort hatte der Pastor über seine Ehe gesprochen, die Person seiner Frau mit keiner Silbe berührt oder gar kritisiert, und doch war Barbara jetzt in alles eingeweiht; in die grausame geistige und seelische Vereinsamung dieses bejammernswerten Ehemannes. Als blutjunger Student hatte er sich mit der hübschen Nachbarstochter verlobt – das Datum wusste sie von Frau Erna –, und in seiner ersten Pfarre hatte er sie geheiratet. Für ihn war sein Beruf, auch das wusste Barbara jetzt, mehr als die Brotspenderin gewesen. Frau Erna hatte ihr gegenüber aber nie eine andre Seite seiner Tätigkeit als die materielle seiner knappen Einkünfte beleuchtet. Stefan Rohlfing war im Grunde ein Künstler von einer wahrhaft idealen Auffassung der Kunst, er war ein Poet – nichts von alledem, was über Klatsch und Durchschnitt ging, begriff sein Weib. Sie hatte fünf Kinder und hatte ihre Not mit ihnen. Aber trotzdem sie nichts, nichts besaß, das sie geistig über ihre eigne Magd erhob, fühlte sie sich glücklich. Ja, sie hätte keinen Wunsch mehr auf Erden gehabt, wenn ihr Mann nur von der einen Schrulle gelassen hätte!

Und diese eine Schrulle – sie war es, die dem Unglücklichen die Kraft gab, als rechtschaffener Hausvater und Bürger und Seelsorger jede seiner Pflichten zu erfüllen, mit unerbittlicher Strenge gegen sich selbst und – was das Höchste war – ohne zu murren!

Es waren herrliche Stunden, die Barbara in der Aussprache mit diesem seltenen Menschen an Bord des kleinen Kutters erlebte. Es war keine fließende Unterhaltung zwischen ihnen im Gange. Sie verstanden einander so gut, dass es gewöhnlich von seiten des einen nur eines leisen, kurzen Hinweises bedurfte, um vom andern sofort begriffen zu sein. So pausierte das Gespräch häufig. Aber es war kein Stocken. Wenn sie schwiegen, spannen sie den Gedanken im Stillen fort, und häufig erlebten sie's, dass sie dann bei derselben Folgerung beide ein Mitteilungsbedürfnis fühlten.

›Endlich einmal ein Mann, ein Charakter, ein Prachtmensch!‹ sagte Barbara zu sich. Sie fühlte sich gehoben, beglückt, in rechter Feiertagsstimmung. Und sie wiederum galt in des Pastors Augen als das Weib, das er geahnt, an dessen Existenz zu glauben ihm aber sein Hauskreuz allgemach verleidet hatte.

Richtig kam es auch so, dass sie einander im gleichen Augenblick – es war nach einem kurzen, klaren Gedankenaustausch über das Wesen der Ehe, wie sie sein soll, – die Hand gaben und herzhaft drückten. Es erschien ihnen beiden selbstverständlich, und doch kam es eigentlich ganz unvermittelt.

Barbara atmete tief die kalte Seeluft ein. Sie war schon ziemlich durchfroren; auch fühlten sich ihr blaues Cheviotkleid und das wollene Cape von dem feinen Sprühregen, den der Kiel aufwühlte, fast nass an. Dennoch war ihr's unfassbar, als der Pastor endlich entschied, nun müsse man wenden.

Zehn Uhr vorüber. Längst war völlige Finsternis auf dem Wasser eingetreten. Ohne das an schönen Sommerabenden so phantastische Farbenspiel war die Sonne ins Meer gesunken, rund, kalt und glatt, und ebenso ordnungsgemäß und fast poesielos war mit dem neuen Wind der Himmel grau und die Luft trüb geworden. Zum Sturm kam's diese Nacht noch nicht, sonst wäre die Flut schon höher gestiegen.

Die Segelpartie wies also nicht das geringste Abenteuer auf, außer dem, dass man in der Höhe von Suderoog infolge einer unbeabsichtigten Segelwendung eine ›Eule‹ gefangen hatte, – und doch: wie hatte die Fahrt Barbaras Stimmung gewandelt! Sie war erfrischt, verjüngt, ein ganz neuer Mensch.

Nachdem man den Kutter, nicht ohne tüchtige Anstrengung, in die neue Fahrtrichtung gebracht hatte, holte der Pastor wieder den Wein und den Speisekorb hervor. Barbara aß diesmal mit Appetit, ohne an Frau Erna auch nur zu denken. Freimütig dankte sie dann dem Pastor, als sie mit ihm anstieß, dass sie die paar Stunden hier vor dem Klüverbaum der ›Schrulle‹ hatte verbringen dürfen.

Auch die Züge des Pastors waren hell und freundlich geworden. So etwas Zuversichtliches, Sicheres lag in seinem ganzen Wesen. »Ich habe Ihnen zu danken, Fräulein Kottenhahn.« Es waren nur ein paar konventionelle Worte, aber *wie* er sie sagte!

Die ›Schrulle‹ hielt auf zwei Blinkfeuer zu, die an ihrem charakteristischen Wechseln von den beiden Seglern sofort als die des kleinen Wattenbadhafens erkannt wurden. Je näher man der Küste kam, desto mehr Seezeichen gewahrte man, und desto mehr Lichter sprangen auf. Nun erkannte man bald auch die festlich erleuchtete Strandhalle. Glatt gewann die ›Schrulle‹ den Priel und gelangte in seiner Strömung in den Hafen. Ganz von selbst, man konnte alle Segel streichen.

Barbara sprang aus dem Boot. Vom Hotel her, auf dessen Terrasse man den Ankömmling soeben erst bemerkt hatte, näherten sich Stimmen. Barbara erkannte darunter das Hannoverisch ihrer Tante. Rasch streckte sie dem Pastor noch einmal beide Hände hin.

»Dank, innigen Dank!«

Dann schritt sie mit einem verträumten Lächeln ihren Verwandten entgegen, erklärte ihnen aber gleich, dass sie müde sei und sofort ihr Zimmer aufsuchen wolle. – –

Als sie sich in der Frühe des andern Tags erhob und aufs Meer hinaussah, fiel ihr Blick sofort auf jene Stelle, wo sie gestern den Kutter verlassen hatte. Die ›Schrulle‹ des Pastors war nicht mehr da.

Gewiss befand sie sich schon wieder unterwegs nach Geesteheide. Vertretungsweise musste der Pastor morgen in Itzehoe predigen.

Barbara kleidete sich an. Sie fühlte sich so wohl, so gesund, so gestärkt. Und auf ihrem Antlitz lag es wie Feiertag.

So trat sie in Tantes Zimmer.

»Nicht schmollen!« bat sie gleich in herzlichem Tone, als die alte Dame sie mit bedrohlicher Majestät empfing. »Ich hab' dir einen großen, befreienden Entschluss mitzuteilen.«

Frau Plagge sah sie scheu von der Seite an.

»Ich werde Fred *nicht* heiraten.«

Wie ein Donnerschlag wirkte das. Es gab eine lange, lange Auseinandersetzung. Frau Plagge forschte nach Gründen. Barbara wusste keinen andern als den geradezu kindischen anzugeben, den sie mit einem leisen, sarkastischen Lächeln vorbrachte: weil Fred nicht segeln könne, wolle sie ihn nicht zum Mann.

Was war das nur? Was sollte das heißen? Das war doch nur eine Schrulle, eine fixe Idee!

So wurde denn Fred zitiert. Er war trostlos, ja, er weinte sogar. Aber er änderte nichts; Barbara blieb bei ihrem Entschluss.

Und noch am selben Tage wolle sie dem Bad den Rücken kehren, sagte Barbara. Sie war ja selbstständig und bedurfte keiner Bevormundung. Vielleicht widmete sie sich der Musik, vielleicht begab sie sich wieder auf Reisen, sie wusste es selbst noch nicht.

»Barbarachen, mein Süßing, das alles, weil ihr euch ein bisschen gezankt habt? So nimm doch Vernunft an und bedenke die Folgen, den Skandal, den Skandal! … Drei Jahre warst du mit Fred verlobt. Lass dir doch sagen, mein Herzing, so was schadet einem Mädchen. Gewiss, du bist reich, und an andern Bewerbern wird dir's vielleicht nicht fehlen, aber ob du je einen so herzensguten Menschen wie Fred …«

»Tante, ich glaube nicht, dass ich jemals heiraten werde.«

»Ach, du, mit deinen zweiundzwanzig Jahren! Und wenn ich nur wüsste, was er dir getan haben soll, der arme Junge!«

»Nichts, gar nichts, liebe Tante. Aber sieh mal, ich will uns beide nicht unglücklich machen.«

»Unglücklich! Weil er kein Sportsman ist? Barbara, Barbara, das ist eine fixe Idee!«

»Gewiss, Tantchen, eine Schrulle. Aber wenn sie mich nun glücklich macht?«

»Nun, wenn du mit Fred noch einmal sprächest. Er ist ja so gut. Vielleicht gestattet er dir auch in der Ehe ...«

Sie wehrte hastig ab. »Nein, nein, Tantchen, Männer können sich auch in der Ehe solche Schrullen erlauben, um einen Ausgleich mit ihrem Schicksal herbeizuführen, – wir Frauen nicht, wenn wir verheiratet sind.«

»Und nur um ungestört dieser Schrulle frönen zu können ...«

»... bleib' ich ledig, Tantchen!« – –

Die Pastorin erfuhr zufällig von der Entlobung, und natürlich wusste schon bis zum zweiten Frühstück das ganze Bad darum. Wie man sich die Köpfe zerbrach, nach Gründen forschte!

Noch vor der Table d'hôte reiste Barbara ab. Mutter und Sohn erschienen natürlich gleichfalls nicht zu Tisch. Sie scheuten das Gerede. Einsam, in sich versunken, ganz niedergeschlagen saßen sie, als Barbara abdampfte, im stimmungslosen Hotelzimmer beieinander und erörterten den unglaublichen Fall.

Wegen nichts und wieder nichts! Wegen einer nichtigen, kindischen Schrulle.

Erzählungen der Frühromantik

1799 schreibt Novalis seinen Heinrich von Ofterdingen und schafft mit der blauen Blume, nach der der Jüngling sich sehnt, das Symbol einer der wirkungsmächtigsten Epochen unseres Kulturkreises. Ricarda Huch wird dazu viel später bemerken: »Die blaue Blume ist aber das, was jeder sucht, ohne es selbst zu wissen, nenne man es nun Gott, Ewigkeit oder Liebe.«

Tieck Peter Lebrecht **Günderrode** Geschichte eines Braminen **Novalis** Heinrich von Ofterdingen **Schlegel** Lucinde **Jean Paul** Des Luftschiffers Giannozzo Seebuch **Novalis** Die Lehrlinge zu Sais
ISBN 978-3-8430-1878-4, 416 Seiten, 29,80 €

Erzählungen der Hochromantik

Zwischen 1804 und 1815 ist Heidelberg das intellektuelle Zentrum einer Bewegung, die sich von dort aus in der Welt verbreitet. Individuelles Erleben von Idylle und Harmonie, die Innerlichkeit der Seele sind die zentralen Themen der Hochromantik als Gegenbewegung zur von der Antike inspirierten Klassik und der vernunftgetriebenen Aufklärung.

Chamisso Adelberts Fabel **Jean Paul** Des Feldpredigers Schmelzle Reise nach Flätz **Brentano** Aus der Chronika eines fahrenden Schülers **Motte Fouqué** Undine **Arnim** Isabella von Ägypten **Chamisso** Peter Schlemihls wundersame Geschichte **Hoffmann** Der Sandmann **Hoffmann** Der goldne Topf
ISBN 978-3-8430-1879-1, 408 Seiten, 29,80 €

Erzählungen der Spätromantik

Im nach dem Wiener Kongress neugeordneten Europa entsteht seit 1815 große Literatur der Sehnsucht und der Melancholie. Die Schattenseiten der menschlichen Seele, Leidenschaft und die Hinwendung zum Religiösen sind die Themen der Spätromantik.

Brentano Die drei Nüsse **Brentano** Geschichte vom braven Kasperl und dem schönen Annerl **Hoffmann** Das steinerne Herz **Eichendorff** Das Marmorbild **Arnim** Die Majoratsherren **Hoffmann** Das Fräulein von Scuderi **Tieck** Die Gemälde **Hauff** Phantasien im Bremer Ratskeller **Hauff** Jud Süss **Eichendorff** Viel Lärmen um Nichts **Eichendorff** Die Glücksritter
ISBN 978-3-8430-1880-7, 440 Seiten, 29,80 €

Karl-Maria Guth (Hg.)

**Dekadente
Erzählungen**

HOFENBERG

Karl-Maria Guth (Hg.)

**Erzählungen aus dem
Sturm und Drang**

HOFENBERG

Karl-Maria Guth (Hg.)

**Erzählungen aus dem
Sturm und Drang II**

HOFENBERG

Dekadente Erzählungen

Im kulturellen Verfall des Fin de siècle wendet sich die Dekadenz ab von der Natur und dem realen Leben, hin zu raffinierten ästhetischen Empfindungen zwischen ausschweifender Lebenslust und fatalem Überdruss. Gegen Moral und Bürgertum frönt sie mit überfeinen Sinnen einem subtilen Schönheitskult, der die Kunst nichts anderem als ihr selbst verpflichtet sieht.

Rainer Maria Rilke Die Aufzeichnungen des Malte Laurids Brigge **Joris-Karl Huysmans** Gegen den Strich **Hermann Bahr** Die gute Schule **Hugo von Hofmannsthal** Das Märchen der 672. Nacht **Rainer Maria Rilke** Die Weise von Liebe und Tod des Cornets Christoph Rilke

ISBN 978-3-8430-1881-4, 412 Seiten, 29,80 €

Erzählungen aus dem Sturm und Drang

Zwischen 1765 und 1785 geht ein Ruck durch die deutsche Literatur. Sehr junge Autoren lehnen sich auf gegen den belehrenden Charakter der - die damalige Geisteskultur beherrschenden - Aufklärung. Mit Fantasie und Gemütskraft stürmen und drängen sie gegen die Moralvorstellungen des Feudalsystems, setzen Gefühl vor Verstand und fordern die Selbstständigkeit des Originalgenies.

Jakob Michael Reinhold Lenz Zerbin oder Die neuere Philosophie **Johann Karl Wezel** Silvans Bibliothek oder die gelehrten Abenteuer **Karl Philipp Moritz** Andreas Hartknopf. Eine Allegorie **Friedrich Schiller** Der Geisterseher **Johann Wolfgang Goethe** Die Leiden des jungen Werther **Friedrich Maximilian Klinger** Fausts Leben, Taten und Höllenfahrt

ISBN 978-3-8430-1882-1, 476 Seiten, 29,80 €

Erzählungen aus dem Sturm und Drang II

Johann Karl Wezel Kakerlak oder die Geschichte eines Rosenkreuzers **Gottfried August Bürger** Münchhausen **Friedrich Schiller** Der Verbrecher aus verlorener Ehre **Karl Philipp Moritz** Andreas Hartknopfs Predigerjahre **Jakob Michael Reinhold Lenz** Der Waldbruder **Friedrich Maximilian Klinger** Geschichte eines Teutschen der neusten Zeit

ISBN 978-3-8430-1883-8, 436 Seiten, 29,80 €